光文社文庫

文庫書下ろし

花菱夫妻の退魔帖　三

白川紺子《こうこ》

光　文　社

この作品は光文社文庫のために書下ろされました。

花菱夫妻の退魔帖　三　目次

花菱夫妻と十二単の女
淡路の君
上臈の怨霊で幽霊を食らう。花菱一族の女で、かつて淡路島に島流しにされた貴人の怨霊を慰める役割を担っていた。
孝冬
神職華族である花菱男爵家の次男で、現当主。商人として手広く商売をするかたわら、淡路の君のため幽霊をさがして与えている。
鈴子
瀧川侯爵家の末娘。侯爵と瀧川家の女中だった母との間に生まれ、幼少期を浅草の貧民窟で過ごす。元「千里眼少女」。17歳。

花菱夫妻にまつわる人々

嘉忠（右）・嘉見（左）

嘉忠は本妻の子で瀧川家跡取り。嘉見は雪子と朝子の弟。

雪子（右）・朝子（左）

鈴子の異母姉で、双子。千津の娘。

千津

瀧川侯爵の妾で、雪子、朝子、嘉見の母。

タカ

鈴子の御付の女性。

由良

孝冬の使用人。

わか

由良の幼なじみ。

銀六

母亡き後の鈴子の面倒を見ていた男性。

テイ

銀六とともに鈴子の面倒を見ていた女性。鈴子の母の友人。

虎吉

銀六、テイとともに鈴子と暮らしていた老人。

イラスト　斎賀時人
デザイン　ウチカワデザイン

嘆き弁天

穏やかな海の上に、その島は悠然《ゆうぜん》と寝そべっているかのようだった。

ひなたでうたたねをする猫。あるいは昼寝をする婦人。そんなものを鈴子《すずこ》は脳裏《のうり》に思い浮かべる。おっとりとしたおおらかな島の佇《たたず》まいには、不思議な安心感を覚えた。

波は夏の陽光《ようこう》に照り輝き、遠くに船影がひとつ、ふたつと見える。瑠璃《るり》色の水面は深い色をしているのに透き通り、淡くもろい玻璃《はり》のようだ。船上に立つ鈴子のうなじを、ゆるやかな風が撫でて去ってゆく。結いあげた髪には鼈甲《べっこう》に真珠をあしらった櫛《くし》、青い紋紗《もんしゃ》の薄物は友禅《ゆうぜん》の貝尽くしで、重ねた夏羽織と帯はともに潔《いさぎよ》い白地に網干《あぼし》が描かれている。贅《ぜい》と趣向《しゅこう》を凝《こ》らした着物も、この海の美しさの前にはまるきり霞《かす》んでしまうように鈴子には思えた。上等な翡翠《ひすい》の帯留めも、波頭のきらめきには勝てない。

パラソルがさしかけられて、鈴子の白い頰に影が落ちた。

「気候は温暖で、住みやすい島ですよ、淡路《あわじ》島は。西側の浦は、冬場は風に難儀しますが——」

鈴子にパラソルをさしかけた孝冬《たかふゆ》は、照り返す陽光にまぶしげに目を細め、海を眺《なが》めている。カンカン帽に白い麻の三つ揃いという出で立ちで、彫《ほ》りの深い端正な顔立ちと長身によく似合う。水色のネクタイと真珠のタイピンは、彼の妻である鈴子が選んだものだった。

「その風を利用して、線香を乾かすんです。村じゅう、いい香りがしますよ。こちらにいるあいだに、案内しましょう」

孝冬は薫香《くんこう》や線香の会社を経営しており、その製造所が淡路島にある。しかし鈴子と孝冬が東京を離れ、はるばる淡路島までやってきたのは、そこを訪れるためではない。神事のためである。

孝冬は花菱《はなびし》男爵家の現当主だが、同時に淡路島にある島神《しまがみ》神社の宮司でもある。花菱家は神職華族なのである。古くは島の領主であったともいい、一族の歴史は古い。古いがゆえに、禍々《まがまが》しい因縁にも囚《とら》われている。その因縁のために鈴子は孝冬のもとに嫁《とつ》ぐことにもなり、かつ淡路島といういままで縁もゆかりもなかった島を訪《おとな》うことにもなった。

「船酔いは大丈夫ですか、鈴子さん」

船に乗ってから、孝冬は気遣《きづか》わしげにたびたびそう尋《たず》ねてくる。

「大丈夫でございます。思ったより揺れませんから」

「気分が悪くなったら、すぐに言ってください。最寄りの港に船を入れて、休むようにします」

東京から神戸までは汽車で、神戸港から淡路島の北部、岩屋まで汽船で、そこからは小型の機帆船に乗り換え、島の西側沿岸づたいに南下している。この船は乗合船ではなく、鈴子たち一行を乗せるために用意されたものだ。海岸沿いは山からすぐ海へと断崖になっている箇所も多く、道は不便で、陸を行くより海を行ったほうが早いという。

子供のころ池で溺《おぼ》れた記憶のある鈴子は水辺が苦手ではあるものの、船酔いをする体質ではなかったようで、急流の明石《あかし》海峡を渡るときも平気だった。

しかし――と鈴子は背後をふり返る。御付女中のタカが船の縁につかまり、うずくまっていた。その顔は青白い。

「タカ、すこし陸にあがって休みましょうか」

声をかけると、

「そんな、滅相《めっそう》もない。わたくしのせいで予定を遅らせるなど――」

タカは大きく首をふったが、すぐに口もとを押さえてうめく。完全に船酔いである。平生、健康そのものであるタカが、しおれた青菜のようになっていた。

「おタカさんにも泣き所はあるんですねえ」などと言いながら、小間使いのわかが心配そうにタカの背中をさすっていた。タカは「ひとを弁慶みたいに……」とわかを恨《うら》めしげににらんでいる。

「ここからなら、郡家《ぐんげ》の港が近いかな。そちらに寄ってもらいましょう」

孝冬が言うのを、「滅相もない！」とタカはくり返した。

「そんなことをされては、このタカ、立つ瀬がございません。船酔いで死ぬわけでもなし、どうかこのままお進みくださいませ。それに、到着先の港では旦那様の大叔父様がお出迎えだというではございませんか。わたくしのせいでお待たせするわけには参りません」

必死の形相《ぎょうそう》で言いつのるタカに、孝冬は困ったように鈴子を見る。

「たしかに、大叔父様をお待たせしては失礼になりましょう」

鈴子は孝冬の大叔父という人物に会うのはこれがはじめてである。初対面から待たせては、心証が悪いだろう。

「その辺は気にせずともかまいませんよ」

孝冬は軽く言う。「私の野暮用《やぼよう》で遅れたことにでもしましょう。どうせ私は大叔父には蛇蝎《だかつ》のごとく嫌われてますし、いまさら失礼も無礼もありません」

鈴子は孝冬の顔を眺めた。ああそうか、と思い至る。孝冬は大叔父に出迎えられるのが億劫《おっくう》なのだろう。できれば待ちくたびれて腹を立て、帰ってくれたらいいのに——と思っているに違いない。そう顔に書いてある。

大叔父というのは孝冬の祖父の弟にあたる。であれば、実際には叔父である。孝冬の実の父親は、祖父だからだ。彼の祖父は、そういうことをした。すなわち、息子の嫁に孝冬を産ませて、外聞を憚《はばか》り、表向きは孫とした。大叔父に嫌われているというのも、このあたりに理由があると想像するに難くない。

祖父のしたことは、いまだに孝冬を傷つけ、苦しませる鋭利な楔《くさび》である。

「孝冬さん、気の進まないことは後回しにするより、最初にすませておいたほうがよろしゅうございます」

鈴子が言うと、孝冬はけげんそうに首をかしげた。

「神社を預かってらっしゃる大叔父様には、いの一番でごあいさつ申しあげるのが筋でございましょう」

「ええ、それはもちろん」

「逆に言えば、それさえすませておけば、義理は果たしたことになります」

「なり……ますかね？」

「なります」

鈴子は無表情にうなずいた。

「筋を通せば道理は引っ込みません。あとは好きにすればよいのです」

きっぱりと言い切る鈴子に、孝冬は気の抜けたような笑みを見せた。

「あなたが言うと、なんでも軽やかにこなせるように思えてきますよ」

それでいいのではないか、と鈴子は思う。いま彼が背負っている重荷は、本来彼が背負うべきものではない。彼の祖父ひとりが負うべきものだ。当人が死んでしまっている以上、文句も言えないのが鈴子にはなお腹立たしい。

「ああ、こうしているといくらか楽だわ」

タカが船の縁にへばりつき、潮風を顔に受けている。何度も深呼吸をくり返していた。

「遠くを見るといいんですよ、おタカさん。ほら、あの山とか――」

わかが島にそびえ立つ山を指さす。

「あれは先山《せんざん》ですよ」と孝冬が鈴子に言った。「淡路富士ともいって、ちょうど島の真ん中あたりにあります。島の最高峰は南部にある諭鶴羽山《ゆづるはさん》ですが、先山も高山《たかやま》参りの盛んな霊峰ですね」

「高山参り？」

「高い山に登って祈願する風習です。山岳信仰ですね。淡路にはこの風習が根付いているんですよ。淡路のひとは信心深い。寺も神社も多いですからね」

さすがに孝冬はそうしたことに詳しい。鈴子は遠くに見える山を眺めた。淡路富士というだけあって、美しい形をした山だった。

しばらくして船は目的地へと到着した。三原郡の湊《みなと》村というところである。その名のとおり、古代から港として栄えた土地らしい。三原川の河口にあり、島最大の平野である三原平野を背にしているという地形から推《お》し量《はか》っても、島における重要な場所のひとつであったろうとわかる。

船から桟橋に降りる前に、

「鈴子さん、人形を」

と孝冬に促されて、鈴子は袂《たもと》から白い紙を切って作られた人形をとりだした。乗船する前、孝冬から手渡されたものである。鈴子だけでなく、タカとわかのぶんもあった。

孝冬は人形を集めて船長に渡した。この船長は漁師で、機帆船もふだんは漁船として使われているという。

「こうせんと、舟玉様《ふなだま》が憑《つ》いてってしまうさかい」

船には舟玉様という女の神様がいるそうだ。舟玉様と船長は夫婦の関係だから、女を乗せてはならないのだという。どうしても乗せなくてはならない場合は、人形を持たせて、降りるときにそれを船に残すようにする。そうしないと、舟玉様が女に憑いて降りていってしまうのだそうだ。こうした船や漁にまつわる禁忌はほかにもあって、それを忠実に守っているらしい。孝冬の言った『淡路のひとは信心深い』という一端が窺い知れる。

「ほな、花菱の旦那はん、わしはこれで」

「ああ、どうもありがとう」

船長は日焼けした顔をくしゃっと崩《くず》して笑い、去っていった。

港では家従の由良《ゆら》が荷物の点検をしている。今回、淡路行きにつれてきた使用人はタカとわか、由良の三人だ。三原の花菱家にも使用人はいるので、三人だけで困るということはない。いまもその下男らしき青年たちが、由良の指図で荷物を抱えて荷車へと運んでいる。

淡路島の東側の沿岸部を東浦、西側を西浦と呼ぶが、湊は西浦きっての良港だそうで、出入りする船舶も多く、いまも港はにぎわっていた。漁船らしき船が何艘も停泊しており、阪神から四国方面へ往復する汽船は一日に一度寄港するという。

「このあたりは製塩が盛んで、畿内へ大量の塩を運んでいましたからね――」

そんな説明をしながら港を歩いていた孝冬は、つと足をとめた。ほんの一瞬、表情がこわばり、すぐさま儀礼的な笑みを浮かべる。この微細《びさい》な変化に気づいたのは、かたわらで彼の顔を見ていた鈴子だけだろう。

鈴子は孝冬の視線のさきに顔を向ける。ひとりの老人がいた。黒紋付の羽織袴にパナマ帽を被り、杖をついている。小柄だが厳然とした佇まいの老翁で、白い見事な顎鬚《あごひげ》が潮風になびいていた。陽光のまぶしさに目を細めているようだったが、こちらをにらんでいるようにも見える。

「あれが大叔父です」

孝冬は前に顔を向けたまま、簡潔に言った。

ふたたび歩きだした孝冬に対して、大叔父は銅像のように微動だにせず、じっと孝冬のほうを見すえている。近づくにつれて、鈴子には大叔父が紛れもなく不機嫌であるのがわかった。

「ふん、男爵ともなると優雅なもんやのう。年寄りをこない暑いなか待たせといて、平気で悠々と歩いてきよる」

大叔父――花菱吉衛《よしえ》の第一声はこれだった。嗄《か》れているが、はっきりとよく通る声である。口調は吐き捨てるようで、まなざしは憎々しげであった。冷たい侮蔑《ぶべつ》ではない、熱のある憤《いきどお》りだと、鈴子は感じた。

「申し訳ありません」

孝冬は帽子をとり、ただそれだけ言って頭をさげる。おそらくこの大叔父は、急いで駆けよったら駆けよったで『花菱のもんがみっともない真似をしよって』とでも文句を言いそうである。

吉衛は鈴子にちらと視線を向けた。

「大叔父さん、こちらが――」

「大名華族の侯爵家から嫁いできたっちゅう嬢《いと》はんけ。貧乏くじ引いて、お気の毒やの」

憐憫《れんびん》とも侮蔑ともつかぬ口調だった。本気で気の毒と思っているのかもしれない。淡路の君に見込まれて、気の毒だ――という意味だ。

淡路の君は、花菱一族に祟っている怨霊《おんりょう》だ。鈴子は淡路の君に選ばれて、孝冬の妻となった。

「鈴子でございます」鈴子はおとなしく吉衛の前に首《こうべ》を垂れた。言いたいことはあったものの、初対面から口答えしてわざわざ反感を買わずともいいだろう。孝冬の立場もある。

吉衛は無言で鈴子を眺め、ふいと顔を背けた。一瞬、眉をひそめたようにも見えたが、どんな感情がそこにあるのかはわからない。

「わしは寄るとこがあるさかい、もう去《い》ぬわ。孝冬はあとで神社のほうにも顔出しときい」

「吉継《よしつぐ》おじさんは、そちらですか」

「そうや。幹雄《みきお》と富貴子《ふきこ》は屋敷におる」

　吉継というのは吉衛の息子で、幹雄と富貴子というのは吉継の子供たちだと鈴子は孝冬から事前に聞いている。

「ほなの」

　長旅のねぎらいもなくそれだけ言って、吉衛はきびすを返した。杖をついておぼつかない足どりの吉衛に使用人らしき男性が駆けよるが、吉衛はうるさげにそれを追い払った。人力車に乗り込み、港を去ってゆく。島には自動車がまだ普及していないのだろうか、と鈴子が思っていると、「大叔父は自動車が嫌いなんですよ」と孝冬が言った。ふたりのそばに自動車がとまり、孝冬は扉を開ける。花菱家の車らしい。

「どうぞ」と促され、鈴子は後部座席に収まる。その隣に孝冬が座った。「歩いてもすぐの距離ではありますが、暑いですし、お疲れでしょうから」

　タカは大丈夫かしら、と窓の外から見れば、陸に足がついて俄然元気を取り戻したようで、鈴子の衣装が入った行李などを自ら荷車に積んでいた。

「大叔父はああですが、すくなくとも幹雄さんと富貴子さんは友好的なひとたちですから、気を楽になさってください。それに、さきほどの大叔父はおとなしいほうでしたよ。さすがに鈴子さんに遠慮したのかな」

そう言う孝冬の横顔を鈴子は眺める。笑っているが、その瞳にはいっぺんに倦《う》み疲れたような翳《かげ》がさしていた。

「……『貧乏くじ』とは思っておりませんので」

ふと口からこぼれた言葉は、窓から吹き込む潮風に紛れてしまった。

「え？」と孝冬は鈴子のほうを向いて訊き直す。「なんとおっしゃいましたか」

「貧乏くじを引いたと、大叔父様がおっしゃっていたでしょう。でも、わたしは貧乏くじと思ってはおりませんので、気の毒に思われる筋合いもございません。それだけ申しあげたかっただけでございます」

たぶん、孝冬ならばああ言われて気にするだろうと思ったのだ。自分のせいで鈴子を花菱家の宿命に引き込んでしまったと。案外、このひとはそういう細かいことを気に病む。自分についてはなにを言われてもどこ吹く風といった態で受け流すのに、鈴子が絡むと彼はひどく思い悩むのである。

「お伝えしておかないと、あなた、淡路にいるあいだじゅう、くよくよお悩みになるでしょう」

孝冬は苦笑と、はにかみを合わせたような笑みをほんのりと浮かべた。

「参ったな。あなたはますます千里眼が冴えてきたんじゃありませんか」

三原の花菱邸は、高台にあった。入り組んだ坂道を登ってゆき、視界が開けたと思ったら、その辺一帯が花菱家の敷地であった。この高台のほか、ほうぼうに土地を持っている大地主であるらしい。

茅葺《かやぶ》きの民家ばかりが建ち並ぶなかで、瓦葺きのその屋敷はことさら豪壮に見えた。防風林として植えられた生垣も見事に刈り込まれている。屋敷の背後には大きな松や柿の木が守り神のように厳《おごそ》かに佇んでいた。

屋敷は母屋と離れ、納屋、それから蔵があった。

「離れは隠居所で、このあたりでは離れと呼ばず『ひや』と呼びます。離れというと粗末な隠居所を指すことがあるので、この辺のひと相手には使わないほうがいいですよ」

孝冬は鈴子に丁寧に教える。土地が違えば常識も違うので、聞いておかねば知らぬ間に顰蹙《ひんしゆく》を買うこともあるだろう。

「『ひや』には、大叔父様がお住まいなのですか」

「ええ、一応」と言って孝冬は笑う。「実権はあいかわらず大叔父が握ってますがね」

「それでご子息の吉継さんはご不満ではございませんの？」

「おとなしいひとなんですよ。前に立って差配したがるひとではないので、むしろ楽なんじゃありませんか」

父親が亡くなったらどうするつもりなのだろう、と鈴子は一抹の不安を覚える。

母屋の玄関は広々として、涼しいというよりも寒々しかった。薄暗くて陰気である。そう感じるのは、本家の当主がやってきたというのに出迎えもないせいだろうか。

しばらくして、ようやく奥からひとりの婦人がやってきた。丸髷《まるまげ》に細面の、目もとに険のある四十代くらいの女性だった。身なりからして吉継の妻だろう。吉衛の妻はすでに故人である。つまり奥向きはこの婦人が支配しているということだ。

「ようこそ、おいでやす」

婦人はぼそぼそと他人行儀なあいさつをして、おざなりに頭をさげた。声音にも表情にも、路傍の石、いや蛇でも見るかのような、嫌悪のにじんだ冷たさがある。その冷ややかさには、どことなく雅やかなものを感じた。京都の出だろうか。

「おひさしぶりです、喜佐《きさ》さん。またしばらくご厄介に——」

孝冬のあいさつの途中で、奥から床板を軋ませる足音が響いてきた。

「誰や思たら、孝冬くんやないけ。今日帰ってくるて聞いてへんかったわ。せんどぶりやのう。突っ立っとらんと、はよ、あがりぃ。そや、結婚したんやってな、おめでとう」

やわらかく通りのいい声でまくしたてたのは、孝冬とおなじくらいか、すこし上くらいの歳に見える青年だった。よく陽に灼けた大柄な体格だが、おおらかな気性がにじみでており、威圧感はない。ひとなつこそうな顔をしている。

「やや、もしや、そちらがお嫁さんけ？　えらい別嬪《べっぴん》さんやのう」

鈴子に気づいた彼は破顔する。あいさつをしようと鈴子が口を開く前に「僕は幹雄や。木の幹に雄大の雄」と言い、背後をふりかえる。そのとき鈴子ははじめて、彼の大きな体のうしろにまだ誰かいるのに気づいた。

「ほんで、こっちが妹の富貴子や」

富貴子というその女性は、二十歳をいくらか過ぎた年頃に見える。幹雄に似て長身で、肌も健康そうな小麦色、引き締まった顔に切れ長の目は利かん気が強そうだ。幹雄は白いシャツにズボンの洋装だが、富貴子は黒地に銀鼠《ぎんねず》の縞《しま》が入った夏御召に身を包んでいる。

「『僕』やなんて、兄さん、柄にもない」と富貴子はからりと笑う。きつそうな顔が、笑うと兄そっくりのひとなつこそうな印象になる。

「ええやないけ。ちっとは上品ぶらんと、東京のひとにこっちの言葉は怖いやろ」

「兄さんはわあわあしゃべりよるさかい、そっちのが怖いわ」

なあ？　と富貴子は気さくに鈴子に声をかける。

「鈴子さん、ていうんやろ。聞いてます。会うなり兄さんがうるそうて、すんません」

どうぞあがって、と促される。鈴子がちらと孝冬のほうをうかがうと、彼は微笑を浮かべてうなずいた。このふたりは友好的だとさきほど聞いてはいたが、思った以上に心安い様子に鈴子は面食らっていた。

いつのまにかあの冷ややかな喜佐はいなくなっている。母親の態度がああであるのに、子供ふたりはこうも違うものか。

「幹雄さんは、京都の帝大を卒業した俊才なんですよ」

通された応接間で、孝冬は改めて幹雄をそう紹介した。お愛想には聞こえない。幹雄は照れたように頭をかく。

「わしなんぞより孝冬くんのほうが頭ええやろに、そう褒《ほ》められると恥ずかしいわ」

「そやで。好きなことしか勉強せえへんから、危うく落第しかけたのも一度や二度と違うんやで」

富貴子はあけっぴろげに言う。兄を立てるという気はないらしい。そういう風土なのか、家風なのか。島に吹く風のようにさっぱりとして心地よい。

「『好きなこと』というのは、どういったことでございますか」

鈴子は出された水羊羹を味わいつつ訊いた。

「史学方面やなあ。わしはもともと、淡路島の郷土史に興味があったさかい」

幹雄もおいしそうに水羊羹を頬張っている。「ほんで、こっち戻ってきてからは郷土史の研究しとるんや。淡路では藩政時代にいくつも郷土誌が作られとるし」

「郷土誌……そうですか」

そんなものがあるのか、と思った。花菱家や淡路の君について、わかることはあるだろうか。さすがにそんな内情については書かれていないか。

――淡路の君のことが、ここにいるあいだ、すこしでもわかればいいのだけど。

淡路の君を祓《はら》う。鈴子と孝冬はそう決めた。

淡路の君は、もとは花菱の人間でありながら死してのちは亡霊を食らう怨霊と化し、当主が亡霊を与えねば一族の者を祟り殺すという。花菱家にまとわりついて離れない怨霊だ。このたびの淡路島行きも、神事のかたわら、祓う糸口を見つけるためでもあった。

「祖父《じい》様にはもう会うたけ？　あのひと、そういうんはうるさいやろ。最初にあいさつせんとえらい怒られるさかい」

孝冬は苦笑しつつうなずく。

「ええ、お会いしました。港に出迎えに来てくださいましたよ、羽織袴で」

「はは、えらい気合い入っとんのう。あれで祖父様は――」

言葉の途中で、「孝冬！　孝冬、ちょう来んかれ！」と玄関のほうからとうの大叔父の呼ばわる声がして、鈴子だけでなく皆がびくりとした。

孝冬はすばやく立ちあがり、応接間を出て玄関に向かう。鈴子もそのあとに従った。幹雄と富貴子もついてくる。

「どうしました、大叔父さん」

「遅い、どないしょんのじゃ」

玄関にいた吉衛はじろりと孝冬をねめつけたあと、うしろにいる幹雄に目をとめ、けげんそうな顔になった。

「なんや、幹雄も一緒やったんけ」

「せんどぶりに会うたんで、つもる話もあるし、一緒にお茶飲んどったんです」

「ふん。ほんなする話があるもんかの」

つまらなそうに言って、吉衛は隣に目をやった。彼の隣には、ひとりの老爺がいる。夏紬のこざっぱりとした身なりの、それなりの身分であろうと思わせる老人である。

「このひとはの、伊元村《いもと》――まあ孝冬、おまえに言うてもわからんやろう、近くの村の村長はんや。もとは庄屋での。村のことで折り入って頼みがある言うさかい、つれてきた。おまえ、聞いちゃれや」

吉衛は一方的に言うが、

「わかりました」

孝冬は詳細を尋ねるでもなく、愛想良く引き受ける。吉衛はちょっと眉をよせ、いやそうな顔をした。

「祖父様、孝冬くんはいましがた着いたばっかかやないですか。疲れとるやろに、そんな頼みの中身もろくに言わんと」

「幹雄は黙っとれ。花菱の当主に頼みいうたら、決まっとるやろが」

ぴしゃりと言い、吉衛はさっさと玄関を出ていってしまった。

花菱の当主への頼み事といったら、決まっている――幽霊退治か。

村長は孝冬たちの様子をちらちらとうかがっている。居心地悪そうに手にした手拭いを揉んでいた。

孝冬は村長を応接間に通し、緊張をほぐすようにしばし淡路島の景観を褒め、近況を尋ね、かつまた東京の話をした。このあたりの商人らしい如才のなさは、やはりさすがであると鈴子は思う。

村長の固さがとれたころを見計らい、孝冬は「それで、村でお困りごとでもあるのですか」と尋ねた。

「へえ、まことに困っとりまして、こりゃあ花菱様に頼まんことにはどんならんと――」

「というと、幽霊でも出ましたか」

「はあ、幽霊というか……」

「幽霊かどうかもわからない？」

「さようです。ただ、声が聞こえてくるんですわ。それはわしも聞きました」

思い出してか、村長の顔は青ざめた。

「弁天様から、声がしますんや。ただの声とちゃう、すすり泣きの声で」

「弁天様……この辺に弁財天を祀《まつ》っている神社がありましたか。記憶にありませんが」

「いやあ、神社やありまへん。ただ弁天様のお像を祀っとるんですわ。水の神様ですやろ、せやさかい、溜池の堤の上に祀っとりますんや」

「ああ、なるほど」

孝冬はうなずいて、

「その弁天様が泣いておられると」

「そう、そうですわ。わしら、祟りでもあるんとちゃうかと、恐ろしゅうてならんのです」

勢い込んで村長は膝を乗り出すが、孝冬は逆に難しい顔で考え込んだ。

「幽霊でなく神様の祟りなら、私ではお役に立てないと思いますが」

「ええっ、そんな」

淡路の君が食うのは霊であって神様ではない。祟りという姿のないものでもない。

「人間ごときに神様をどうこうはできません。祟りをお鎮めくださるようお祀りするのが我々の役目です。そうした祈禱《きとう》ならばできますが、それくらいのことはもうすでにおやりになっているでしょう？」

「ええ、そりゃもう。氏神《うじがみ》様んとこのお祈りもしてもろて、寺にも頼んで、行者《ぎょうじゃ》や巫女《みこ》まで呼びましたけんど、泣き声はやまんのです」

村長は途方に暮れた様子でうなだれた。そのさまを見ると、地元の名士としてはできないのひとことで追い返すわけにもいかないのだろう、孝冬はさらに考え込んでいる。

「なにか、弁天様がそうなった理由に心当たりはありませんか」

すると、村長の表情が動いた。面目なさそうに下を向く。

「へえ、それが、あるんですわ。弁天様がお嘆きになっとるわけは、わかっとるんです。半年ほど前に、お像が壊されたことがありましてのう」

「壊された？」

「村のワカイシュのもんが、酔っ払って壊してしもたんです」

ワカイシュ——若い衆か、と鈴子は理解する。

「石のお像なんですがの、引き倒して、お顔のとこがちいとばかし、欠けてしまいましての。見つけたときには、もう、仰天《ぎょうてん》しましたわ。弁天様はうちの村の溜池を守ってくださる神様ですからのう。溜池が涸れたらえらいことです」

浅草の貧民窟《ひんみんくつ》で育ち、侯爵家に引き取られてのちも街なかでしか暮らしたことのない鈴子は、農村にとってどれだけ水が大切か、知識としては理解できても、身に染みてはわからない。

「淡路島には溜池が多いんや。旱《ひでり》になりやすいさかい」と、鈴子の隣に座る幹雄がこそっと教えてくれた。

孝冬と村長は向かい合って座り、鈴子や幹雄、富貴子は話の邪魔をせぬよう、座敷の隅のほうに並んで座っている。

「泣き声が聞こえるようになったのは、それからですか」

孝冬が村長に尋ねる。

「そう——いや、すぐとは違いましたけども。その、弁天様を壊したやつめがおらんようになってからですわ」

「いなくなった？」

「ある日、ふらっとおらんようになりました。弁天様の祟りじゃ言うもんもおりますけんど、ありゃあ、よそへ逃げたんでしょうな」

「弁天様を壊したからですか」

「いやあ、はっしられたせいですやろ」

「はっしられた……？」

この島の人々の言葉は、聞きとれても意味がわからないことがある。鈴子はもちろんわからないが、孝冬も初耳の言葉であるようで、首をかしげている。

「なんて言うんですやろな、こう――」

「『罰を受けた』て意味や」

幹雄が口を挟んだ。「『はっしる』とか『むらばしり』とか言うけど、『罰する』から来とるんとちゃうやろか。村内独自の罰則や」

「村八分のような？」

「それも罰則のひとつやな。いちばん重い罰とちゃうけ？」

幹雄が問うように村長を見ると、彼はうなずいた。

「まずは、草鞋《わらじ》を首からさげて村を回らせるとか、羽織を着て村じゅうの家々に謝らせるとか、そんなもんですわ。八分にされても、兄貴分に酒をようけ持っていって頼めば、それでしまいになりますし。ほやけど……」

村長の顔が曇《くも》った。

「あやつは、あかんかった。小さいころからまあ、どもならん悪ガキで、悪いことばっかよう思いつく野郎で。ほんでも、同輩にはよう慕われとったようなんですけどのう。それが弁天様のお像を壊したときは、べつのもんに罪をなすりつけようとしたんですわ。すぐにばれて、村寄合ではっ じられました」

その後、謝罪を申し入れるでもなく、村を出奔《しゅっぽん》したという。

「どこでなにをしとるやら……まあ、あやつのことは案じてはおりませんけどな、ほやけど――」

なにか言いかけ、村長ははっとしたように言葉を切った。

「ああ、うん」と咳払いをしたあと、「ほやけど、弁天様ですわ。弁天様がお嘆きになるよって、どないしたらええかと、村じゅう困っておりますんや」と言いつのった。

「その弁天像の修復は？」

「お顔が欠けてますよって、うちらではどうにもできゃしません。新しい像にすげ替えるのも、ええんか悪いんかわかりませんし」

「泣き声が聞こえる以外に、おかしなことはありませんか」

「へえ、ありまへん」

ふむ、と孝冬は腕を組み、畳を見つめる。

「それでは、ともかく一度、村にお邪魔して弁天様を拝見しましょうか」

「へえっ、よろしいんですか」

村長は畳に手をついて身を乗り出す。「そりゃあ、助かります。村の連中も安心しますよって」

「いや、お力になれるかどうかはわかりませんが」

「来てくださるだけでありがたいことですさかい、ええ、もう」

村長は額《ぬか》ずかんばかりに頭をさげて、日暮れ時に再訪すると言って帰っていった。弁天像が泣くのは夜なのだそうだ。

「どう思います？　鈴子さん」

村長が帰ってから、孝冬は鈴子に尋ねた。さあ、と鈴子は首をかしげるしかない。

「さきほどの話だけでは……。実際に見てみませんと。ほんとうに弁天像が泣いているのかどうか、わかりませんでしょう」

「そう、それですよ」

「どういうこと？」と富貴子が口を挟む。

「鳥や獣の鳴き声を聞き間違えているだけかもしれませんよ。あるいはいたずらかも」

「ああ、そういうこと。怖い怖いと思っとると、あり得るわなあ」

弁天像を村人が壊してしまったのだから祟りがあるやも、と恐れるひとたちが、それらしき鳴き声を弁天様の泣き声と受けとったのかもしれない。

「泣き声とはちょうちゃうけど、似たような話はあるで」と言ったのは幹雄である。

「三昧《さんま》からひとを呼ぶかなしげな声がしとったら、病人が死んだて。郷土誌に載っとったほんまの話」

『サンマ』がわからずにいると、孝冬が「三昧は、埋め墓のことですよ」と言った。

「埋め墓？」

「淡路島はだいたい両墓制なんです。埋葬するところとお参りするところがべつということです」

へえ、と鈴子はいくらか驚いた。知らないことがたくさんあるものだ。

「いややわ、兄さん。そない怖い話せんといてや」

富貴子は顔をしかめている。

「こういう話があるんやから、弁天様が泣いとるからには祟りがあるかも、て思うのが人情やってことや。孝冬くんが行ってくれたら、村のひともいくらか落ち着くかもしれへんな。ほやけど、東京から来たばっかかで疲れとるやろ。大丈夫け？」

「神戸で一泊しましたから」

汽船で淡路島に渡る前に、一日神戸で休みをとったのである。それは孝冬が長旅に不慣れな鈴子を気遣ってのことだった。

「無理せんときや。昔から孝冬くんは、ひとに気ィ遣《つこ》てばっかやでな」

「そやで。兄さんくらい、まわりを気にせんと好きにしたらええねん」

兄妹ふたりは心底、孝冬を気にかけてくれているようで、鈴子は安堵《あんど》する。孝冬の周囲は、冷たいひとばかりではないのだ。孝冬が子供のころからどんな気持ちで生きてきたのかに思いを馳《は》せるとき、鈴子は胸が塞《ふさ》ぐが、こういうひとたちもいたのだと知ると、救われる気がした。


村長が迎えにくる夕刻まで、鈴子は孝冬とともに花菱家の島神神社を訪うことにした。タカたちが荷物を部屋に運び込み、室内を整えるあいだ、邪魔にならぬようにという理由もある。

神社は屋敷からはすこし離れた岬にあるそうで、車で向かう。港へ迎えに来たときとおなじ運転手である。副島《そえじま》というその運転手は、数年前から花菱家お抱えであるそうだ。三十代くらいの男性で、物腰は丁寧だが寡黙で、こちらから問わねば口を開かない。ともすれば彼のいることを忘れそうになってしまう。

「弁天様といえば、淡路島には『回り弁天』という行事がありましてね」

窓の外を物珍しい思いで眺めていた鈴子は、孝冬の言葉にふり向いた。

「回り弁天……？　弁天様が回るのですか」

鈴子はなんとなく、回転する弁天像を思い浮かべた。孝冬は笑う。

「あなたがなにを想像なさっているのか見当がつきますが、回転ではなく巡回という意味の『回り』ですね。島内の、真言宗の檀家で構成される村々を順番に回る。回るのは弁天様が描かれた掛け軸です。高野山からいただいたというありがたい掛け軸で、当番になった村落は一年間、村の入り口に常磐木《ときわぎ》の鳥居を建てて、神輿《みこし》が村内を巡り、その弁天様を大事にお祀りします。真言宗の管轄となる祭祀ですが、内容はどう見ても神社信仰ですね」

「混ざり合っているのですね」

以前、孝冬から神道にまつわる話を聞いたことを思い出しながら、鈴子は言った。

「ええ。淡路島は圧倒的に真言宗の寺院が多い。それだけ古くから布教に努めたんでしょう。各地の氏神や産土神《うぶすながみ》の神社の別当寺《べっとうじ》となりました」

別当寺というのは神社に併設されて神社を管理した寺のことですよ、と孝冬は言葉を添えた。

「幕藩体制下では仏教の力が大きく、寺院が神社を支配していましたが、明治になって別当寺は廃止されました」

「神と仏を分けたという……」

政府からそういう命令が出されたのである。

「そうですね。淡路島の郷社の神職には、大国隆正《おおくにたかまさ》の門下の人々が多く任命されましてね――」

「どなたでございますか」

「津和野藩の国学者です。津和野藩は国学が盛んで、明治になる以前から藩内で神仏を分離したり、神社の祭祀を統一したりしていました。維新後、国がやってきた神道政策は、その踏襲《とうしゅう》みたいなものですね。大国は明治初期、門下の福羽美静《ふくばびせい》とともに神祇《じんぎ》事務局の権判事《ごんのはんじ》に任命されています。彼らの思想が神社行政には反映されている。淡路島に大国の門下が送り込まれたということは、おそらく明治初期に、この島における神仏の分離は徹底して行われたでしょう。たとえば諭鶴羽権現は神社と寺に分けられて、寺は麓《ふもと》に移されています」

『回り弁天』も例外ではなく――と言う。

「弁天は市杵島姫命《いちきしまひめのみこと》という神様であると主張して、弁天の管理を寺院から厳島《いつくしま》神社のものとしたんですね。しかしこれは相当な反発があって、あわてた県から、回り弁天のお祭りは従来通りでよい、とのお触れが出されています」

「強引に形を変えようとしても、民心はついてこない、ということでございますね。山王《さんのう》権現や神田明神とおなじく」

「そうです」孝冬はにこりと笑った。「よく覚えておいでですね」

先生と生徒のようである。おかしみを感じて、鈴子も笑みを浮かべた。

山王権現は日枝《ひえ》神社と名前を変え、神田明神は主祭神さえとりかえられて神田神社となった。しかし日枝神社はいまでも『山王さん』と呼ばれるし、神田神社は主祭神より、もともとの祭神が祀られている末社が信仰を集めている。信仰とはそういうものだと、孝冬は言った。

「神道は祭祀であって宗教ではない、と国に決められたと、あなたは前におっしゃっていたけれど……」

正直、鈴子にその理屈はわからない。しかし神社を画一化して、小さな神社、名もなき神は統廃合してしまうというやりかたには、疑問を覚える。

「宗教でなくとも、信仰はございましょう。もとあった神事の形を変えて、神様をとりかえて、いくつかの神社をまとめてひとつの神社にしてしまう、あるいは消してしまう……それはあまりにも乱暴に過ぎるのではございませんか」

　孝冬はしばし黙り、窓の外に目を向けた。

「兄もおなじようなことを言って、悩んでいましたよ」

　孝冬の兄は六年前に自死している。養子に出されていた孝冬が花菱家に戻らねばならなくなったのは、そのためだ。

　彼の兄の話となると、おたがい選ぶ言葉に慎重になる。六年前——それは浅草の貧民窟で鈴子がともに暮らしていた、家族同然のひとたちが殺された年でもある。犯人は『松印』のお印を持つ華族。孝冬の兄がそうだった。その共通点を、孝冬は恐れている。兄が犯人だったのでは、という恐れだ。鈴子にその恐れを払拭《ふっしょく》してやることはできない。ただ、いずれにしても孝冬は孝冬であり、彼の兄ではない、と思う。

「あ……、鳥居が」

　鈴子は窓のほうに身を寄せ、声を洩《も》らした。こんもりとした森の手前に、鳥居が見えていた。

「あれが島神神社ですよ」

　さきほどの沈鬱《ちんうつ》な声と打って変わって、孝冬は潑剌《はつらつ》とした調子で言った。「古ぼけた鳥居でしょう」

たしかに、遠目にも木造の年季の入った鳥居に見える。それだけ歴史があるということだろう。

「境内《けいだい》をご覧になったら、もっと驚きますよ。古くて小さな神社ですから」

「でも、官幣社《かんぺいしゃ》でしょう？」

「だから、驚きなんですよ」

細い坂道を登り、車は鳥居の前でとまる。間近で見る鳥居は、たしかに古ぼけてはいるが、それゆえの威厳のようなものがあった。

車を降りて、鳥居の前に立つ。蟬の声が響き渡っている。俗世の喧噪《けんそう》とは無縁の静けさがあった。

「どうぞ」と孝冬に手をとられ、鳥居をくぐる。境内は木陰のおかげか、涼しかった。

こぢんまりとした神社だと、まず思った。境内は広くない。正面に社殿があり、脇に社務所がある。手前の社殿が拝殿で、ここからは見えないが奥に本殿があるのだろう。一見して古く、飾り気がない。それがかえって森厳さを醸し出していた。

境内にはひと気がなく、蟬の声に混じってかすかに波の音が聞こえる。鈴子はまだこの地の地理が把握できていないが、ここは岬にあるというし、すぐ向こうが海なのだろうか。

「吉継おじさんにあいさつしてから、案内しますよ」

孝冬は社務所に向かう。鈴子もそれに従った。社務所も大きな建物ではない。木造の平屋である。引き戸を開けてなかに入ると、ふつうの民家のようだった。

「ごめんください。吉継おじさん、いますか」

声をかけてすぐ、そばの障子戸が開いた。白い単衣《ひとえ》に袴姿の男性が立っていた。五十代くらいの、顔の青白い、眼鏡をかけた男性である。

「ああ……君か。今日帰ってくるんやったか」

覇気《はき》のない声が、もごもごと動く口髭の下から聞こえる。これがあの幹雄の父親なのかと鈴子は内心意外に思った。大柄であるのはおなじだが、浅黒く健康的な幹雄とは対照的に、青白い面長の顔に落ちくぼんだ目が不健康そうだ。

「父さんに、こっち顔出すよう、言われたんやろ。ご苦労さんやったな。もう帰ってええで」

ぼそぼそと、ゆっくり区切るようにしゃべる。声を発すること自体を億劫がっているようなしゃべりかただった。

「妻にひととおり神社を案内してから帰ります」

その言葉に、吉継はようやく視線を動かして鈴子のほうを見た。

「ああ、そうやったか。見つかってしもたんやな。淡路の君に」

吉継の視線は、はっきりと憐憫をにじませていた。

「難儀なことやな」

細いため息をついて、吉継は鈴子があいさつをする間もなく、するりと障子を閉めた。

鈴子はあっけにとられて障子を見つめる。孝冬が鈴子の肩に手を置き、外へと出た。

「よくわからないひとでしょう」

孝冬は苦笑する。

「鰻《うなぎ》みたいなかたでございますね」

と、鈴子は答えた。

「鰻ですか」

「ぬるりとすり抜けて、とらえどころがない……」

うまいことを言いますね、と孝冬は笑った。

鈴子は孝冬に導かれ、社殿の奥へと進む。木々が途切れ、視界が開けた。青空が広がっている。波の音が近い。

「そのさきは崖になっていますから、近づかないでくださいね。足もとも悪いので、気をつけて」

孝冬が鈴子の手を引く。「かつてはもっとこの崖近くに社殿があったそうです。しかしここは古来よりの要港ですからね、船が頻繁に往来するので、神様には煩わしかろうと陸側にずらされました」

「ご託宣《たくせん》でもあったのですか？」

「さあ、どうでしょう。託宣なんてものは、まあ八幡神はべつとして、そうあるものではありません。事象から人間が勝手に神意を汲《く》み取るものですから」

「弁天様が嘆いているから、祟りがあるのでは……というような？」

「ああ、そうですね。実際に神様の思《おぼ》し召しがどこにあるのかなんて、わからないわけです」

鈴子は目の前に広がる空を眺める。考えていたのは淡路の君のことである。

――実際、淡路の君が祟っているのかどうかもわからない。

淡路の君が花菱の当主に取り憑き、食うための幽霊を求めているのは事実であろう。しかし、食わせねば一族の者が祟り殺される、これは事実かどうかたしかめようがない。孝冬の祖父母、父母、兄すべてすでに死んでいるが、それが淡路の君の祟りかどうかはわからない。

「この神社に拝殿はありますが、ご神体はここにはありません。というより、この島全体がご神体です」

「島全体？」

「ええ。島そのものを崇めているんですね。古い神社にはめずらしくないことです。大きな岩だとか山だとか島だとかがご神体になる」

そうなのか、と鈴子は思わず足もとを見おろした。

「神社の縁起や家系図などは、あちらの蔵に保管されているはずです」

孝冬は背後をふり返り、社務所の裏手にある蔵を指さした。「鍵は大叔父が持っているので、私も自由には入れませんが」

「あなたが当主で、宮司なのに？」

「神社のことは、大叔父に任せていますからね。なにぶん、私はこちらに腰を据《す》えてませんから、立場は弱い。大叔父はあちこちに顔も利《き》きますし、このあたりの顔役ですよ」

吉衛には盾突かぬほうがよい、ということだ。それで孝冬は口答えひとつせず吉衛に従っているのだろう。顔を立てていると言うべきか。

「鈴子さんは気になさらずともいいことです。大叔父にしろ吉継おじさんにしろ、淡路の君に選ばれた花嫁には同情的ですから」

孝冬の母に対してもそうだったのだろうか、と鈴子は思ったが、口にはしなかった。世間話のような会話のなかで、軽く話題にのぼらせるのはためらわれた。

「……あちらには、なにがあるのでございますか」

視線をそらした鈴子は、木々の合間に小径《こみち》があるのを見つける。木と木のあいだにしめ縄を渡してあり、入れないようになっていた。祠《ほこら》でもあるのだろうか、と思ったが、孝冬は、「崖下に降りる道がつづいているんですよ」と答えた。

「崖下に……海岸に降りられるのですか」

「岸はありません。洞窟があります。潮が引いたときだけ行ける洞窟です。岩礁があるので船でも近づけないところです」

「洞窟――」

孝冬は目を伏せ、顔に翳が落ちる。

「淡路の君の骸《むくろ》が流れ着いたとされる洞窟です。そして、私の両親の遺体が発見された場所でもあります」

はっと、鈴子は孝冬の顔を見あげた。

「神事を行う場所はそこです。淡路の君の霊を鎮《しず》めるために」

孝冬の顔は薄暗く、青ざめて見えた。

いまは干潮《かんちょう》ではないので洞窟には行けないというので、鈴子は孝冬のすすめに従い、車で町をひとまわりして屋敷に戻ることにした。

「記紀によれば、淡路島は伊弉諾《イザナギ》と伊弉冉《イザナミ》が最初に生んだ島となっています」

鳥居前で待つ車へ戻る道すがら、孝冬は言った。

「違うのですか?」

孝冬の言いかたが引っかかり、鈴子は尋ねる。

「いえ、違うといいますか……あまり大きな声では言えないのですが」

苦笑を浮かべ、孝冬は言いにくそうにする。

「前にも言いましたが、伊弉諾は花菱家の祖先神です。花菱家というより、淡路島の海人《あま》たちの崇拝する祖先神でした。記紀を見ても淡路島と伊弉諾の関係が深いことはよくわかるでしょう。淡路島を生む神話は、淡路島の海人のあいだに語り継がれたものと考えてい い。彼らが朝廷とかかわりを持ち、仕えるようになる流れのなかで、その神話も朝廷に組みこまれていったのでしょう。そのころの天皇は淡路島とかかわりが深い」

ただ、と孝冬は足をとめ、鈴子のほうに身をよせて声をひそめた。

「現在、伊弉諾は皇祖神天照《あまてらす》の親神として大事に扱われていますから、こういう話は御法度です。私もよそでは口にしません。兄や幹雄さんとは、よく話したものですが」

「幹雄さんとも？」

「あのひとの領分ですからね。私よりずっと詳しい」

車に乗り込み、孝冬は副島に町を一巡してくれるよう頼む。車が走りだしてから、孝冬はふたたび口を開いた。

「私が養子に出てからも、兄や幹雄さんとは交流があったんですよ。こちらの分家には近寄りませんでしたが」

ははは、と笑う声が窓から吹き込む潮風に流れてゆく。

「楽しい交流だったのでございますね」

「ええ、ほんとうに」

孝冬は窓の外を眺め、まぶしげに目を細める。当時を懐かしんでいるように見えた。

「……このあたりにも教派神道の教会が増えたものだね」

その言葉は、鈴子ではなく副島に向けられたものだった。一拍遅れて、副島が返事をする。「はい。たしか去年、金光教《こんこう》の教会ができまして」

「大叔父さんは反対しなかったのかな」

「さあ、わたくしはよく存じません」

「ああ、そうか、大叔父さんは車に乗らないんだね」

「自動車は落ち着かないとおおせで」

「人力車のほうが揺れて落ち着かないと思うけどなあ」

副島はほんのすこし笑ったようだった。控えめな笑みである。

鈴子が外を眺めても、どれがその教会なのだか、わかりはしない。よく見れば看板なり幟《のぼり》なりがあるのかもしれない。町並みに目を凝らす。東京のような洋風建築はほとんどないが、ときおり銀行か役所か、それらしき洋館がある。あと大通りに面しているのは木造日本家屋の商家だった。行き交う人々は麻か木綿の着物に身を包んだ買い物客か物売りかといった様子で、皆どこかのんびりして映る。

「もっと港のほうに行けば漁村の風景が見られますが、このあたりはまだ町なかですね」

そうですね、と言いかけた鈴子は、あっとかすかな声をあげた。

「車を——すこし車をとめてくださいますか」

副島は動じたふうもなく、車を端に寄せてとめる。

「どうかしましたか」

「いえ……」

鈴子の目は一軒の家屋に吸い寄せられていた。看板は見当たらない。だが、出入り口にかけられた白い幕に、みっつの炎の印が黒で染めあげられていた。下にふたつ、上にひとつの炎の印。教派神道傘下の新興の宗教、燈火《とうか》教の印だ。

——こんなところにも……。

思ったよりもずいぶん、燈火教は勢力を伸ばしているらしい。

「あれは燈火教の教会かな？」

幕に気づいた孝冬が副島に尋ねる。「はあ、たしかそんな名前の教会だったかと」と副島はうなずいた。

「……もうけっこうです。出してくださいませ」

車はふたたび走りだす。鈴子は形にならないぼんやりとした不安を、なんとはなしに感じた。


花菱家に着くと、玄関先に喜佐がいた。最初に会ったときとは違う着物に身を包んでいる。華やかな芙蓉を描いた薄物に黒紋付きの羽織だ。どこかへ出かけるのだろうか。

鈴子と孝冬が玄関に向かうと、喜佐はふたりを素通りして車のほうへと小走りに近づいた。

「買い物に行こうと思たら車がないさかい、驚いたやないの。副島はん、あんたはこの家の運転手なんやさかい、ひとこと言い置いてから出ていってもらわんと困ります」

きつく責められて副島は恐縮している。車を使ったのは鈴子たちなので、こちらに文句を言えばいいのに、と鈴子は思った。

「すみません、喜佐さん。車をお借りするのを言い忘れまして」

孝冬が謝ったが、喜佐はちらともふり向かず、副島の開けた扉から車に乗り込む。そのとき聞こえよがしのつぶやきが喜佐の口から放たれた。

「ああ、いややわ。畜生道の穢《けが》れが着物に移りそう……」

その意味がすぐにはぴんと来なかった鈴子だが、あきらかに侮蔑を含んだ声音であったので、とっさに足を踏みだした。だが、孝冬に手をつかまれて引き留められる。

「いいんですよ、鈴子さん」

鈴子は孝冬の顔を見あげた。孝冬はただ困ったような顔をしているだけだった。車が発進して、敷地から出てゆく。

「穢れは神道にも仏教にもありますが、畜生道は仏教です。社家の者がそれを言うというのは、見事に神仏習合ですね」

孝冬はそんなふうに言って笑う。畜生道――ひとの道に外れた者が墜ちるさき、加えて肉親のあいだで体の関係を持つことを指す。孝冬の生まれを蔑《さげす》んでいるのだと知って、鈴子は総身が震えた。孝冬の祖父とその母に血のつながりはないが、舅《しゅうと》と嫁である。それも、舅から無理強いされた関係だ。

鈴子はしばし言葉が出てこなかった。これほどひどい言葉を選択して、当人に向かって吐けるものだろうか。あまりの底意地の悪さにぞっとした。

「大丈夫ですか、鈴子さん。顔色が悪いですよ」

孝冬は鈴子の顔を覗き込む。彼に傷ついた様子はうかがえない。もはや慣れきっているのだ、ああした言葉の暴力に。

——悔しい。

鈴子は心中が怒りと悔しさで綯《な》い交《ま》ぜになる。こんなひどいことはない。孝冬をこんなふうに軽蔑に慣れさせたひとたちに腹が立つ。いますぐ車を追いかけていって、文句を言ってやりたかった。

鈴子は深呼吸してから、孝冬の目を見た。

「予告しておきます」

「え？」と孝冬はきょとんとする。

「つぎに喜佐さんがあなたに無礼なことをおっしゃったら、わたしはあのかたを張り倒します」

「え……」

孝冬の頬が引きつる。

「いや、鈴子さん。そんなに怒るほどのことでは――」

「怒るほどのことでございます。では想像してごらんになって。わたしが似たようなことを他人から言われたら、どうお思いになるの？　怒るほどのことではないとおっしゃるの？」

「まさか」

「でしたら、おわかりになるでしょう。あなたを侮辱《ぶじょく》されて、わたしは怒っております」

孝冬は鈴子をまじまじと眺めた。

「それは、鈴子さん、あなたも私とおなじくらい、私のことを好いてくださっていると思っていいんですか？」

ん？　と鈴子は眉をよせた。

「なにをおっしゃっているのですか。いまはそういう話をしておりません」

「ですが、鈴子さん――」

笑い声がして、鈴子と孝冬は同時にそちらのほうを向いた。玄関の戸が開いて、幹雄と富貴子が顔を覗かせていた。

「いや、ごめんな。いつ声かけよかと思てたんやけど」

幹雄は笑い顔でそう言い、肩を震わせている。「仲ええんやな、ええことや」

「ほんま、母さんが意地の悪いこと言うて、ごめんな」

富貴子が謝る。「あのひと、うちが分家なんが気に食わへんのよ。京都のええとこの嬢はんやったさかい、ひとの下になるんが我慢ならへんのやな。ええとこ言うても没落して金目当てに嫁いできたわけやけど」

母親に対してずいぶん辛辣《しんらつ》である。さすがに驚いていると、富貴子は皮肉な笑みを浮かべた。

「わたし、母親似で意地が悪いねん」

「孝冬くんはもっと怒ってええと思てたけど、鈴子さんが勇まして頼もしいのう」

幹雄はにこやかに笑っている。

「すばらしいひとでしょう」

孝冬も上機嫌の笑顔を見せる。鈴子はなんとも言えず、黙っていた。

日暮れ時になり、村長が迎えに現れた。鈴子と孝冬はすでに夕食を終えている。海の幸がこれでもかと贅沢に並んだ膳で、鈴子は大いに満足した。

人力車でやってきた村長に自動車に乗ってもらい、鈴子と孝冬も乗り込んで、村へと向かう。高台からは海に沈む夕陽がよく見えた。暗い水面が赤々と照らされるさまは、海に夕陽が溶けてゆくようで、鈴子は声もなく見とれた。

陽が沈むと暗くなるのはあっという間で、村に着くころには濃紺の空に星がひとつ、ふたつと輝いていた。村長は提灯《ちょうちん》に火を入れて、さきに立って歩きだす。街灯はなく、おそらく田圃《たんぼ》が広がっているらしいあいだの農道を、孝冬に手をとられて鈴子は歩いた。これほど濃密な夜道を歩くのは、はじめてかもしれない。東京には街灯があり、花街があり、夜更けならいざ知らず、宵のころはまだまだ明るい。

両脇の田圃から虫の音が響く。東京でも虫売りが鈴虫など音色のいい虫を売り歩いているが、ここではあまりにもかしましい。だが騒々しさとは違う、うるさいゆえの風情があった。しっとりとした緑のにおいが闇のなかで強く香る。ふだん嗅ぎ慣れた淡路の君の香のにおいもかき消されそうなほど。

溜池は森を抜けたさきにあった。小高い丘に登ったかと思うと、その向こうが溜池だった。村長が足をとめる。明かりが揺れる。提灯を持つ手が震えているのだ。

──聞こえる。

泣き声だ。か細い嗚咽《おえつ》が聞こえる。洟《はな》をすすり、吐息を漏らし、しゃくりあげている。

孝冬が棒立ちになった村長から提灯を渡してもらい、声のするほうへと進む。孝冬の片手は鈴子の手を握っている。溜池の堤の上を歩いているので、足をすべらせて落ちぬよう、慎重に歩を進めた。

泣き声は近づいてくる。前方にぼんやりと像のようなものが見えた。あれが弁天像だろう。鈴子の腰あたりまでの高さがあるだろうか。

孝冬が提灯をかかげ、像を照らし出す。浮かびあがった像は、弁天様と言われればなるほどと思う、琵琶《びわ》を手にした優美な女性の石像であった。古いもののようで全体的に摩耗して苔むしてもいるが、左の額あたりが欠けているのは明らかに自然に磨り減ったものではない。壊れたところというのは、これだろう。

たしかに、泣き声はこの像から聞こえてくる。でも、と鈴子はいぶかしく思う。

――でも、この泣き声は、女性のものではない……。

か細くしゃくりあげているのでわかりづらいが、間近で聞くとわかる。女ではなく男の声だ。

鈴子は像に近づいた。ふと、像の背後に暗い影が見えて、そちらを覗き込む。はっとした。

誰かがうずくまっている。男だ。おそらく年寄りではない。うずくまり背を丸めた姿からは、それ以上のことはわからない。その男は肩を震わせ、泣いていた。

泣き声は、この男のものだ。

孝冬が明かりを男に向ける。すう、と姿が薄くなる。

――生きている者ではないのだ。

と、それでわかった。鈴子は孝冬のほうに目を向ける。幽霊となれば、淡路の君が現れるかもしれない、と思ったのだ。だが、その気配はない。どうやら彼女の好む幽霊ではないらしい。

鈴子はふたたび男に視線を戻す。

「もし……もし」

声をかけてみるも、男はまるで反応がない。ただ泣きじゃくっているだけだ。

「いったん、戻りましょうか」

孝冬に言われて、鈴子は村長のもとへと戻る。村長は聞こえてくる泣き声にがたがたと震えていた。

「あれは弁天様の泣き声じゃありませんよ」

孝冬が言うと、「へえっ？」と村長は調子外れの声をあげた。

「ど、どういう……？　でも、泣き声は」

「亡霊がいます」

うっ、と村長は喉にものが詰まったような声を出す。「ぼ、亡霊……ですか」

「あれを祓えば泣き声はやみますが、いずれにしても弁天様が泣いているわけではありませんから、そこは安心してください」

孝冬は穏やかな笑みを浮かべる。

「はあ……さようでございますか」

村長は目をしばたたき、いくらか気を落ち着かせたようだった。彼らが恐れていたのは弁天様の祟りである。そうでないとわかれば、幽霊がいるにしても、怖がる方向は変わるだろう。

「それならば村の衆も心丈夫でございます。して、亡霊のほうは祓っていただけましょうか」

孝冬は困ったように鈴子を見た。淡路の君が食おうとしないのであれば、祓うすべはない。成仏してもらうほかは。

「乗りかかった船でございますから」

鈴子は言った。孝冬は頭をかいて、村長に向き直る。

「祓うべく努めましょう」

孝冬の言葉に、ありがたや、と村長は手放しに喜んだ。

孝冬は正直、あそこに幽霊がいようが成仏しようが、どちらでもいいのではと思っている。だが、鈴子がなんとかしたいと望むのであれば、一も二もなく従うのである。

「なにか考えがおありですか」

車で花菱家へ戻る途上、孝冬は鈴子に尋ねた。

「考えというほどのことではございませんが」

前を向いたまま、鈴子は控えめに口を開いた。その横顔が美しいと、孝冬はただじっと眺めてしまう。

「弁天像を傷つけた若者が、いなくなっているという話でございましょう。それが気がかりでございますし、あの幽霊は泣いておりましたから――」

「同情なさいましたか」

鈴子はちらと孝冬を見て、

「死んだ者は皆ひとしく哀れでございます」

涼しげな声で言って、つづけた。

「たちの悪いものに変容せぬとも限らぬでしょう。それを危《あや》ぶんでおります」

「悪霊になって悪さをするやも、と。なるほど」

それに、と鈴子はやや顔をうつむける。

「やはり理由が気になります。なぜああも泣いているのか」

「……あなたが気にかけなかったら、その理由は忘れ去られ、消えてゆくのでしょうからね」

鈴子は死者に、幽霊に心を傾ける。それは彼女の家族同然の者たちが殺され、その幽霊に会った経験に起因するのだろう。

──松印の犯人……。

そこに思い至るたび、孝冬は暗澹《あんたん》たる気分になる。兄が犯人であるはずがない。ひと殺しなどできるひとではない。松印の華族など、数多くいるのだ。

だが、不安はぬぐえない。恐れは消えない。

「いなくなった若者というあたりから、村のひとたちに話を聞いてみましょうか」

よぎる不安を振り払うように、孝冬は努めて軽やかな口調で言った。

「そうですね。よそ者のわたしたちに内情を話してくださるかわかりませんが……」

「その辺は村長に任せましょう。村のことは村の者に訊いてもらうのがいいですから」

ええ、とうなずく鈴子の反応は鈍い。おや、と思って鈴子を見れば、まぶたが重たげに何度か閉じかけては開くのをくり返していた。眠いのだ。無理もない。神戸で一泊しているとはいえ、東京からの長旅で、疲れが溜まっているのだろう。

「どうぞ、眠ってくださってかまいませんよ」

孝冬は鈴子の身を引き寄せ、己《おのれ》の肩に寄りかからせる。鈴子はなにか言ったようだったが、もはや言葉になっていなかった。すぐに静かな寝息が聞こえはじめる。

やわらかな線を描く頰に、長い睫毛、形のよい唇、いずれもが可憐で、寝顔はふだんよりも幼く見える。いや、年相応と言うべきか。鈴子の意志の強い目がはっきりと見開かれているあいだは、二十歳にも満たない彼女の歳を忘れる。凜然として、腹の据わった鈴子に、孝冬はどれだけ救われているかわからない。

――この島に来るのはいやだった。

本音では、大叔父や喜佐と接するのがいやだった。彼らといると、いつも、深い水底に沈んでゆく気がした。己という存在がひどく穢らわしく、蔑まれて当然のように思えてくるのだ。暗く深い水の底に沈み込み、息もできない。

鈴子は、孝冬をその水底から引き上げて、呼吸を思い出させてくれる。

喜佐の言いように本気で腹を立てていた鈴子を思い出し、孝冬の口もとに笑みが浮かぶ。自尊心だとか矜持《きょうじ》だとか、とうに砕けて失せたと思ったものに、鈴子は息吹を与えてくれる。死んだ心がよみがえる。

鈴子が与えてくれたものに見合うだけのものを、返したい。このさき一生をかけて愛を捧げても、それには見合わないのではないかと思っている。

それなのに、鈴子に恋い焦がれてほしいと希《こいねが》う己もいる。われながら浅ましく、欲深いと、孝冬は鈴子の寝顔を眺め、許しを請いたい衝動《しょうどう》に駆《か》られた。


青藍《せいらん》の地に鹿《か》の子絞りで波と千鳥を表した絽縮緬《ろちりめん》の着物に、白藍《しらあい》に縹《はなだ》をぼかした地に波濤《はとう》を刺繡した帯を合わせる。帯留めには木彫りの千鳥、帯締めは冴《さ》えた青、帯揚げは空色にして、淡い水色の半衿には流水と秋草の刺繡が入っている。髪には彫金細工に水晶をあしらった櫛を挿した。左手の火傷《やけど》の痕《あと》を隠すための手袋は、目の粗いレース地に貝殻の刺繡を縫い付けてある。海辺にふさわしい装いである。

「鈴子さん、ネクタイを選んでくださいませんか」

襖を開けて孝冬が入ってくる。

「まあ、旦那様。まだお着替えの最中でございますよ」

タカが言うが、もうあとは帯揚げを整え、手袋をするだけで、ほとんど着替え終わっている。手早く帯揚げを帯に押し込んで、レースの手袋をはめると、鈴子は孝冬の身なりを眺めた。今日は白いシャツ、鼠色のズボンに青灰色のベストを合わせている。暑いからか上着は着ていない。

「藍色のネクタイをお持ちでしたでしょう。それでいかがでございますか」

「ああ、あれですね」

孝冬は隣の間に引っ込む。鈴子もそのあとにつづいた。藍色の地に銀糸の格子柄が入ったネクタイを、孝冬は手慣れた手つきで結ぶ。鈴子は宝石箱のなかから、水晶のネクタイピンとカフスボタンを選んだ。それをネクタイとシャツの袖につける。この流れにも慣れてきた。

「香を薫《た》きましょうか」

「はい」

これも毎朝の決まりごとだ。淡路の君のために香を薫く。旅先なのでいつもと勝手は違うが、やるべきことは変わらない。

香炉は色鍋島《いろなべしま》のものを持ってきている。それを床の間に据え、香を薫けば、細い煙とともにあたりに清冽《せいれつ》な香りが満ちる。清々《すがすが》しく、深みがあるが、どこかうらさびしい香り。

鈴子は目を閉じ、その香気を吸い込んだ。淡路の君の姿がまなうらによぎる。

——あなたはどうして、怨霊になんてなったのかしら。

訊いて、答えてくれたらいいのに。そう思う。

淡路の君は香木を献上する途上で殺された。海賊に襲われたとも、朝廷の者に裏切られたともいう。

なぜ、その者たちに祟らず、花菱一族に祟り、亡霊を食らうのだろう。

香りが薄れてゆく。鈴子は目を開けた。

「明後日までは、ゆっくりしましょう」

孝冬が言う。明後日は神事を行う予定だ。洞窟で香を薫くのである。

「弁天様の件はどうなさるの？」

「村長に出奔した青年について調べてもらうよう頼みに行くつもりだったのですが、由良が行ってくれるというので、お願いしました」

「由良が？」

「由良とわかには休みをやろうかと思っていたんですがね。花祥《かしょう》養育院へ里帰りでもしたいかと思って」

ふたりは花菱家が運営する孤児院・花祥養育院の出身だ。

「『結構です』と言われましたよ。それより仕事はないかと言われましたので、さきのことを頼んだのですが」

「さようでございますか……わかはどうなのかしら」

「わかが行きたいと言うなら、休みにしても――ああ、あなたのほうでよければですが」

「大丈夫でございます。タカもおりますから」

鈴子はすぐ腰をあげて、隣の間で着物やら小物やらを片づけていたわかに声をかける。

「タカ、あなたもこちらではそうすることもないでしょうし、観光にでも出かけていいわ」

休んで羽を伸ばしてもよいと言うと、喜んだ。「花祥養育院の院長先生や昔なじみを訪ねます」と言うので、みやげを買うためにいくらか包んでやった。

「こちらでは旦那様がいつもぴったり寄り添ってらっしゃいますものね」

タカは笑い、港のほうに行ってみたいと言った。

たしかにタカの言うとおり、東京にいるときと違い、孝冬の仕事がないので、つねに一緒だ。新婚旅行のときのようだった。

「あなたが休めているといいのですけれど」

孝冬に言うと、「どういう意味ですか？」と彼は不思議そうにする。

「わたしといつも一緒では、気詰まりではございませんか」

「まさか。鈴子さんは、気詰まりですか」

　孝冬はうろたえたように表情を変えた。

「いえ、こちらにはまだ慣れませんから、そばにいていただけると助かります」

　淡路島のことも、この屋敷のことも、右も左もわからない状態だ。ひとり放りだされてはさすがの鈴子も心細い。

　孝冬はほっとした様子で笑った。「そうですか。よかった」

　しばらくして女中が朝食の用意ができたと呼びに来たので、鈴子と孝冬は食事をする座敷へと向かった。幹雄と吉継、喜佐はすでに座っており、鈴子と孝冬が席についてから富貴子があくびをしながら入ってきたあと、大叔父の吉衛が悠然とやってきた。

　朝食の膳が運ばれてくる。朝から豪勢に鯛《たい》の刺身があり、鯵《あじ》のなめろうがあり、梅肉を添えた鱧《はも》の湯引きがあった。食事中はしゃべらないのがこの家の決まりらしいので、黙々と箸を進める。空気は重いが料理はおいしかった。

　食事を終えて座敷を出ていこうとする吉衛に、孝冬が声をかける。

「大叔父さん、ちょっと神社の蔵に入りたいんですが、鍵を貸してもらえませんか」

「なんでや」

　吉衛は不機嫌そうにふり返る。

「いえ、神社の縁起とか、そういうものを少々拝見したくて――」

「いままで見たことないわけでもないやろ。なんや、いまさら」

「はあ、でも――」

「あかん。蔵にはそうそう入らせるわけにはいかん。勝手に収蔵品を持ち出されても困るさかい」

「持ち出しはしませんが」

「あかん」

とりつく島もなく、吉衛は去っていった。ふう、と孝冬は息をついている。

「神社の縁起を見たいん？」

幹雄が言う。その横を吉継も喜佐も素通りして出ていった。富貴子はまだ畳に座ってのんびりと茶を飲んでいる。

「ええ、まあ。花菱家の歴史を改めて知りたくて」

「そんなら、写しでもええんやったら、わしが持っとるけど」

「えっ」と孝冬と鈴子の声が重なった。幹雄はびっくりしたようにふたりの顔を見比べる。

「ほんとうに？」孝冬は幹雄に詰めよる。

「お、おう。神社の蔵にあるもん、さっき祖父様も言うてたけど、そうそう入って見るわけにもいかんやろ。ほやさかい、前からすこしずつ写してたんや。そしたら、いつでも見られるやろ」

「神社の蔵にあるものというと――」

「縁起とか、家系図とか、花菱家の略伝みたいなもんとか」

孝冬は幹雄の手をとり、握りしめた。

「すばらしい。見せてください。ぜひ」

「そら、ええけど……」

「物好きやなあ、孝冬くん。いまさらそんなん見てどないするん」

富貴子が笑う。幹雄もけげんそうにしている。

「淡路の君について、調べたいんです」

幹雄はすっと真顔になり、眉をひそめた。

「淡路の君て……なんでや？」

鈴子は、はっと驚いて孝冬の顔を見やる。

――まさか、このふたりに打ち明けるのだろうか。

淡路の君を祓おうとしていることを。

孝冬はちらと鈴子を見て、軽くうなずいた。そのつもりなのだ。

「目的があるからです」

そう言って孝冬は幹雄の手を離し、一度富貴子をふり返り、ふたたび幹雄のほうを見た。

「淡路の君を祓おうと思っています」

ゆっくりと、孝冬は言った。沈黙がおりた。鈴子は息を呑む。

「な——なに言うてんの」

真っ先に口を開いたのは、富貴子だった。

「そんなん、できるわけないやろ」

声を張りあげた富貴子を、幹雄が手で制する。

「大きな声出すなや、富貴子。祖父様たちに聞こえたら面倒や」

そう言ってから、幹雄は孝冬の顔をじっと見つめた。いままで見たことのない、真剣な顔だった。

「これまで淡路の君を祓おうとした者もおった。ほんでもできんかった。それをわかったうえで言うとるんやな。本気なんけ」

「本気です」

幹雄はなにか言いかけ、しかし口を閉じ、額を押さえた。

「幹雄さん。私はあなたに協力してほしいと思っています。あなたほど、この淡路の花菱家について、ひいては淡路の君について詳しいひとはいないでしょうから」

そういえば、幹雄は大学で史学を学び、淡路島の郷土史に関心が深く、さらには神社の蔵にある書物を写してもいる。これほど頼りになりそうなひとがいるだろうか。

幹雄は黙って腕を組み、難しい顔をしている。

「祓うやなんて、そんなん、祟られるんとちゃう？　淡路の君に……」

富貴子はその名を口にするのさえ憚《はばか》るように、小声でつぶやく。

「もう祟られとるやないけ、花菱家は」

幹雄は組んでいた腕をほどいて、笑った。朗らかな彼が、このときは孝冬と似た薄暗い翳を覗かせた。

「わしも、富貴子かて他人事《ひとごと》やない。もし孝冬くんが――万一やけどな、縁起悪いこと言うけど許してや――跡継ぎを残さんまま亡《の》うなったら、つぎにお鉢が回ってくるんは分家のこっちや。わしが淡路の君の世話をせなあかんかもしれんし、富貴子の子がそうなるかもしれん」

「あの子は関係ないやろ、向こうに残してきたんやし」

富貴子がはじかれたように言葉を返した。どういうことだろう、と鈴子が思っていると、幹雄が「富貴子はいっぺん船場《せんば》の商家に嫁入りして、子供を産んどるんやけど、離婚して戻ってきたんや」と説明してくれた。富貴子は顔を背けている。

「本家の血筋が絶えれば分家、そこも継ぐ者がいなくなれば、血筋を追って……ということでございますか」

「ほやな。これまでの系図を見ると、そんな感じや。淡路の君はどこまでも血筋を追うていっとる」

「花菱家の血筋を……」

「もともとは、『花菱』いう名前でもなかったんやけどな。この苗字を名乗ったんは、一族の歴史のなかではわりと新しい」

「そうなのですか」

知らなかった。長い由緒を持つ一族というのは、そういうものか。

「御原《みはら》の海人からはじまった一族やさかい、海人系の苗字を名乗って——て、まあこの辺はまた今度でええか。ともかく、孝冬くん、おまはんは淡路の君を祓いたいと。ほんで、わしにも協力してほしいと」

「ええ、そうです」孝冬がうなずく。幹雄もまたうなずいた。

「うん、ほうか。わかったわ」

あっさりした返答に、孝冬は「え？」と訊き返した。「わかった、というのは——」

「ええよ。協力するわ」

「いいんですか。そんなにあっさり」

「さっきも言うたけど、他人事とちゃうさかい。明治になって、やれ文明開化や西洋化やいうときもとうに過ぎて、大正になっても、わしらはいまだに十二単《じゅうにひとえ》の怨霊に怯《おび》えとる。このままずうっと、惰性《だせい》であれを養いつづけるんはどうかと、わしも思うとったんや」

幹雄は陽光の似合う浅黒い頬を、大きな手のひらで撫でた。

「けりをつけるときが来たんやろう」

せやけど、と幹雄は周囲に目を向け、声をひそめる。

「祖父様にはばれへんようにな。わかっとると思うけど、あのひとはしきたりに固執《こしつ》するひとやさかい」

「ええ」孝冬は苦い笑みを浮かべた。

「ほんなら、うちも協力するわ」

富貴子が青ざめた顔をしながら言った。「言うて、うちなんかそう役に立てへんけど」

「いえ、ありがたいです」

富貴子は泣き笑いのような表情を浮かべる。

「ほんまに、いやな家やわ……兄さんの言うとおり、もうずっと、淡路の君には祟られとる」

幹雄は富貴子の肩を軽くたたいた。直接でなくとも、彼らも淡路の君の害を被っているのだろうか。

「ほな、わしの部屋へ行こか。写したもんはぜんぶ押し入れにあるさかい」

鈴子たちは連れ立って幹雄の部屋へ向かう。招じ入れられた座敷を見て鈴子はあっけにとられた。おそらく二十畳近くはありそうな広さなのだが、ほぼ本で埋め尽くされている。障子一枚分の出入り口付近と文机の回りはなんとか空間があるが、うずたかく積まれた本で奥にある押し入れの前にはたどり着けそうもない。どうやって寝ているのだろう、と思っていると、それを悟ったように「ここやと寝る場所がないもんで、隣の座敷で寝とるんや」と幹雄は笑った。

「いつ来ても埃《ほこり》っぽい部屋やな。茸《きのこ》が生えてそうや」

富貴子は廊下から座敷を覗き込み、いやそうに顔をしかめている。

「……まずは、片づけましょうか」

孝冬があきれ半分の口調で言う。「そうでないと、押し入れを開けられそうにありませんからね」

「すまんのお」幹雄は頭をかいて豪快に笑っている。

「ほやけどこんなん、片づける場所もないやないの」

「虫干しも兼ねて、とりあえず縁側に出しましょうか」

「いややわあ、本に埃積もっとる。はたき持ってくるさかい、ちょう待っとって。鈴子さん、あんたこんな部屋入ったらあかんわ、きれいな着物が汚れてまう」

富貴子はきびきびと廊下を小走りに去っていった。

「押し入れの戸を開けるのが最優先やさかい、ともかくその辺からやってこか」

幹雄は手近にあった本の山の埃をフッと吹き、咳き込んだ。

「鈴子さんは部屋で待っていてください。片づけがすんだらお呼びしますから」

孝冬は言うが、そういうわけにもいかない。

「ひとりでも多いほうが早く片づきましょう」

鈴子は袂から手拭いをとりだして姉さん被りにすると、たすきで袖をからげた。富貴子がはたきと前掛けを持って戻ってきたので、それを借りてふたりで掃除をはじめる。孝冬と幹雄は本を運びだす。ときおり虫や蜘蛛《くも》が這い出てきて、孝冬が悲鳴をあげていた。

どうにかこうにか押し入れまでの道が空き、戸を開けることができたころには皆ぐったりとしていた。

「ひと休みしよ」

富貴子が首筋の汗を手拭いで拭きつつ座敷を出る。鈴子たちは縁側に並んで座った。軒先から葦簀《よしず》が垂らしてあるので、日陰になって暑さをしのげる。心地よい風が吹き抜け、ほっと息をついた。孝冬はベストを脱いでネクタイも外し、首に手拭いをかけている。

「幹雄さんは、蔵の書物を写したからには、その内容はぜんぶ知っているんですよね」

孝冬が問うと、幹雄は「ある程度は、そらな」と答えて顔の汗を拭う。

「言うとくけど、淡路の君を祓えるようなすべは、当然ながら書いてあらへんで。そんなんあったらもうやっとるさかい。あとは、縁起やら家系図やら略伝やら、ぜんぶそもそも原本やないし、欠けもある」

「原本じゃない？」

「戦国時代にいっぺん失われとる。当時、このあたりは紀州から来た安宅《あたぎ》氏の支配下でな、安宅氏は淡路十人衆とか淡州勢《だんしゅうぜい》とかいう有力な水軍を持っとったけど、豊臣秀吉に攻め入られて滅んだ。その混乱時に花菱一族は縁起とか財宝とか持って船で避難しようとしたんやけど、難破して、荷物はあらかた海に沈んだとか言う話や。それもその代の略伝に書いてあったんやけど。ほやさかい、いまあるもんはその後、復元されたもんやっちゅうことや」

「となると、正確ではない部分もあると」

「大昔のことはな。神社の創建もはっきりせんけど、これは原本がどうのという話やのうて、神社の体裁を整える前から伊弉諾尊《イザナギノミコト》を祀っとったからやろう。はじまりははっきりせん。淡路の君が死んだんは平安時代、おそらく九世紀の後半以降。これは記録にあるわけやないけど、瀬戸内海に海賊が増えはじめたんがそのころやさかい。伝承では海賊に殺されたっちゅう説があるやろ」

幹雄はすらすらと述べる。

「海賊云々がほんまかどうかはわからんけど」

「朝廷に裏切られたという説もありましたよね」

「まあ、それもあるけど、海賊の話はな、そういう理由にしたほうが穏便にすんだからかもしれん」

孝冬はよくわからないようで首をかしげる。「穏便に？」

「朝廷への献上品である香木を積んどったて話やろ、そのとき。それが淡路の君の血でだめになってしもとるわけや。献上はできん。貢納物《こうのうぶつ》を納められへんていうのは大問題やし、賠償もせなあかん。ほやけど、海賊と天災による被害は補塡を免れることができるんや」

「そうなんですか」

「ほやさかい、実際のところはわからへん。ほんでも、そういう理由が通ったころやってことやな。それが九世紀の後半ごろからってこと」

ははあ、と孝冬も鈴子もひどく納得して感嘆の息を吐いた。持つべきものは専門家の協力者である。

「じゃあ、淡路の君はそのころの花菱家の者だったってことですね。当時の略伝は――」

「それが、さっきも言うたけど、欠けとる部分やな。紛失なんか、わざと残してないんか……わしは後者やと思う」

鈴子は口を挟む。「どうして、残してないんでしょう？」

「都合が悪いから」

幹雄はぽつりとつぶやいた。

「都合が……。では、淡路の君の死には、花菱家の者がかかわっているとお思いなのでございますか」

鈴子が言うと、幹雄はふり返り、にやっと笑った。

「理解が早いのう。死に耐性があるひとの発想や」

鈴子は黙った。

「いや、すまんすまん。孝冬くん、そない怖い顔せんといてや。詮索しとるわけとちゃうねん」

幹雄は困ったように笑って手をふる。

「淡路の君の話な、都合が悪いいうんは、花菱家の内部でごたごたがあって、結果として淡路の君が死んだんとちゃうかなってことや。そんなら、彼女が花菱家に祟る理由もわかるやろ。単純や。この一族を恨んどるから」

「花菱の……一族を……」

——恨んでいるから、祟る。

すとんと腑に落ちるようで、どこかひっかかるものを感じる。

——なんだろう。なにかが……。

「西瓜《すいか》、切ってきたで、食べや」

富貴子が盆を手に戻ってくる。見るからにみずみずしい西瓜がのっていた。

「井戸で冷やしてあったで、冷たいで」

「うまそうやな」

鈴子も孝冬も礼を言って西瓜をもらう。富貴子の言ったとおり、冷えていておいしかった。

西瓜を食べ終えたあとは、押し入れから出してきた綴りを読むことに専念した。縁起と家系図は和紙を継いで写してあり、花菱家の略伝のほうは帳面に書き写されている。

鈴子と孝冬は、幹雄の助言を受けながら、九世紀後半以降とおぼしき代を家系図にさがした。

古い時代の家系図は当主の名しか記されていない。「ほかの人間はおらんも同然て言われとるようやなあ」と団扇《うちわ》で鈴子たちに風を送りながら、富貴子が皮肉めいた笑みを洩らした。

「当主も嫁の腹から生まれとるのにな」

そこにはどこか自身を投影したかのような悲哀《ひあい》が感じられる、と思うのは鈴子の考えすぎだろうか。

「わしの考えでは、淡路の君の祟りがはじまっとるんは、この当主の代からとちゃうかと思う」

幹雄はそう言って、『佑季』と書かれた名を指さす。「スケスエて読むんか、なんて読むんかわからんけど――まあ仮にスケスエてしとこか」

「このあとから、名前の系統が変わってるんですね」

と、孝冬が言ったのは、『佑季』までは当主の名に必ず『季』の字がついていたのが、それ以降は見られなくなっているのを指している。

「それや。おそらくここでいっぺん、直系が絶えたか、絶えへんまでも、弟とか従兄弟《いとこ》とかそういう傍系に変わったんやと思う」

つかの間、沈黙がおりた。

「……淡路の君の祟りで？」

富貴子がささやくように言った。

「推測や。略伝には書いてへん。逆にそれが妙やろ。流行病《はやりやまい》で直系がばたばた死ぬとか、そんなんはままあることやし、そう書けばええ。でも残ってへん」

「残せるような理由ではなかったから……？」

鈴子が言うと、幹雄は神妙な面持ちでうなずいた。

「では、淡路の君はこの『佑季』というひとの娘か、姉妹か……ということでございますか？」

「ほやな。まあその辺の血縁関係がこれではわからんさかい、なんとも言えんのやけど。ただわかるのは、このあともたびたびこうした名前の変化が見受けられるっちゅうことや。詳しいことはなんにも残してへんけど、家系図が物語っとる」

語らぬことでかえって浮かびあがることもあるのだ。

「……考えてみれば」

孝冬がつぶやいた。

「俺の代でも名が変わってる……」

祖父の名は『孝実《たかみ》』、父は『春実《はるみ》』、兄は『実秋《さねあき》』。祖父の前も代々、『実』がついていた。

孝冬はそう説明し、わずかに苦い笑みを浮かべた。

「きっと、名前が移り変わるたび、おなじようなことがあったんでしょうね。跡継ぎがつぎつぎと死んでしまうようなことが」

「縁起担ぎで名を変えたのやもしれません」

鈴子は言った。

「つぎつぎ死んでしまうようなことがあれば、そうするでしょう。単純に、傍系に移ったのではない場合もあるのでは」

「それはあるやろな」

幹雄が同意した。

はあ、と富貴子がため息をついて足を崩した。団扇で自分を扇《あお》ぐ。

「家系図なんか見とると、なんや気が滅入ってくるわ。こんな長いこと血筋がつづいとって、祟りもつづいとると思うと」

「まあ、そやのう」

鈴子はぼんやりと家系図を眺める。連綿とつづく名前。この背後にはたくさんの一族がいる。もちろんそこには淡路の君も――。

「誰か来よる」

床板を踏む静かな足音がして、一同は部屋の外に目を向ける。悠然とした足どりではなく、すばやく静かであるので、使用人かと思われた。

「旦那様」

やってきたのは、由良だった。

「村長の仲立ちで、若衆組の男たちに話を聞いてきました」

一同の前できっちりと正座して、由良は口を開いた。

「ワカイシュグミ？」

鈴子が訊き直すと、

「若者組のことやで」と幹雄が説明を加えた。「これに入ることでまわりから一人前として認められる。だいたい十五歳前後で入る村が多いな」

昨日、村長が『ワカイシュ』と言っていたのはこれのことか、と鈴子は理解した。

「弁天像を壊して村から出奔したのは、茂一《もいち》という男だそうです。歳は十八。若衆のまとめ役は頭《かしら》若衆というそうですが、茂一は副頭という補佐役を務めていて、いずれ頭若衆になるだろうと思われていた男だったそうです」

「人望があったということかな」

孝冬の問いに、由良は正面を向いたまま、

「負けん気の強い男だったそうです」

とだけ答えた。

「頭若衆は若衆の札入れで決まるやろ。投票やな。頭になるやろと思われとったんやったら、目立つ男やったんやろな」

「がっしりとした体つきで、腕っ節も強く、兄貴肌であったそうですが、血の気も多かったようで」

「ケンカっ早そうやのう。まあ、若いもんをまとめるのはそういうやつやないとあかんのかな。檀尻《だんじり》もあるさかい」

「だんじり？　お祭りの？」鈴子が訊くと、「そうや」と幹雄はうなずく。

「淡路島の檀尻は有名ですね」と孝冬が補足した。

「この檀尻と盆踊りが若衆組の大事なお役目なんや。どちらもケンカがつきものやさかい、腕っ節の強いのは必要やな」

「うちはああいうん苦手やわ」と、富貴子が団扇を使いながら言う。「やかましいて、荒っぽいのがかなわん。それが醍醐味なんやろうけど」

はは、と幹雄が笑った。「お祭りはそういうもんやからなあ」

「――それで、その血の気の多い茂一とやらが、弁天像を壊したいきさつは？」

孝冬が話を戻す。

「酔っ払ってのことのようです。宿で飲んだあと、酔い覚ましに溜池近くに寄ったさい、昼間むしゃくしゃすることがあって、やつあたりで弁天像を蹴り倒したと」

あの村に宿などあったのか、と鈴子がけげんに思っていると、

「若衆の集まる宿ていうのがあるんや」

悟ったように幹雄が説明してくれた。「若衆の寄合に使《つこ》たり、寝泊りする場所にしたり、たまり場にしたり、その辺は地域によって違うんやけど。ひとの家屋敷を借りて、そういう場を設けるんや」

「いろいろと、決まりがあるんですね」

昨日から、住むところが違えば慣習や決まりがずいぶん違うものなのだなと、鈴子は驚くばかりである。

「決まりっちゅうか、しがらみやわ」

そう言ったのは富貴子だ。富貴子は皮肉そうな笑みをよく浮かべるが、このときもそうだった。

「まあ、そのしがらみが守ってくれることもあるわな」幹雄は言い、「おまえが口挟むと話が横道に逸れるわ。ちょう黙っとき」と富貴子の団扇をとりあげ、ちょんとその肩をたたいた。富貴子は団扇を奪い返して、フンと顔を背ける。

「で、酔うてむしゃくしゃして弁天様を蹴飛ばしたと。ほんで?」

「それをおなじ若衆組の作蔵《さくぞう》という男がやったことにしようとしました」

「みみっちいことしよるのう」幹雄があきれている。

「作蔵がその晩、溜池のほうに行くのを見たと主張して、茂一の子分のような者たちはそれに従って作蔵のやったことだと決めつけたのですが、頭若衆や宿老《しゆくろう》……若衆組を出た、彼らより年上の男たちですが、そうした村の上役の者たちは、作蔵のしわざではなかろうと調べたそうです。作蔵という男は、いたって気のやさしい、酒も飲まぬ男だそうで。なにより体つきが貧相であるので、像を倒して壊すのは難しいのではと」

「ほんで、茂一のやったことやとばれたんか」

「はい」と由良はうなずく。由良は孝冬とやりとりするより、幹雄とのほうが素直に受け答えしている気がする。孝冬もそれと知ってか、幹雄に由良との会話を任せているように鈴子には見えた。

「酔ってひとり宿から出たのをほかの者が覚えていて、追及するとあっけなく吐いたそう

「案外、気が弱いんかな。ほんで、寄合で制裁が決まったわけか」

「はっしられた、と村の者は言っておりました。つきあいを断たれたそうです。こうなると村人に口もきいてもらえなくなるとか」

「村長もそない言うてたな。ほんでも、親が酒を何升か持って兄貴分だとか有力者に頼んで罰を軽くしてもらうよう、頼むもんやけど――」

「茂一はすでにふた親とも死んでいるそうです」

「ふうん。あいだに入ってくれるひとがおらんかったんかの」

「はい――いえ、作蔵が頭若衆に許してやってくれと頼んだそうですが」

「ええ、なんで」と富貴子が声をあげた。「作蔵て、像を壊したのをなすりつけられそうになった男やろ」

「そうです」

「なんでそれが茂一をかばうん？」

「同い年の幼なじみだったそうですが。頭若衆が言うには、もともとそういう性格の男のようです。ひとと争うことを好まないと」

「へえ」富貴子は鼻白んだ様子だった。「気のええこと」

「ほんで、茂一は村を出て行ってしもたんやったか？」

幹雄が言う。

「そのようです。『こんな村出て行ってやる』といったことをわめいていたそうで、実際、その翌日からいなくなったと」

「出て行くいうてもなあ、兵庫やら大阪へ渡るにはそれなりの金がいるし、そう遠くへは行かれへんやろ。大きな町やと、掃守《かもり》方面から東へ島を横断して洲本《すもと》へ行ったか、南の榎列《えなみ》のほうから福良《ふくら》へ抜けたか……それか、案外近場の港町にでもおるんか」

「港町かもしれません。村から港のほうへ向かう道を歩く彼を見たという者がおりましたので。茂一は体が頑丈ですし、腕っ節が強いので、どこでもやっていけるだろうと」

「呑気《のんき》やのう。強盗なんぞになっとらんかったらええけんど」

「はい」

由良は膝に置いた己の手に視線を落とした。

孝冬が、

「なにか気になることでも？」

と問うと、ぴくりと手が動く。

「はあ、あの……ひとつ気になることが」

うん、と孝冬は促す。

「作蔵にも話を訊こうと思ったのですが、頭若衆や宿老は『訊く必要はない』というようなことを言って拒否されまして……妙に思ったもので、こっそり若衆にさぐりを入れたんです」

なかなかの仕事ぶりである。

「そうしたら、作蔵はいなくなった、と」

え？　と由良以外の皆が声をそろえた。

「作蔵も出奔したっちゅうんか」

幹雄の言葉に、由良は首をかしげる。

「その辺が、どうもはっきりしません。聞いた限りでは、作蔵は茂一と違って、村を飛び出すような気質ではないと思います。若衆も、『いなくなった』とは言いますが、『村を出て行った』という言いかたはしません。なかには――」

由良は言い淀み、すこし声を落とした。

「茂一が作蔵を逆恨みして、どこかで殺してしまって、それで茂一は行方をくらましたのではないか、と疑う者もいました。もしそうなら大事なので、頭若衆たちは知らんぷりしているのだと」

知らなければ、見つからなければ、なにもないのとおなじだから——ということか。

「ことなかれ主義てやつやろ。いややわあ」

富貴子が笑うように言い、しかし顔は笑っていなかった。

「もしほんまやったら、作蔵が浮かばれへんやないの」

「ほうやな……ほやけど、よその村のことには口出しできんでな」

「村の自治が絶対みたいなん、いつの時代やの。いまは大正やで。あほらし」

「おまえなあ」

「ともかく——」幹雄と富貴子の言い合いがはじまりそうだったので、鈴子は口を開いた。

「弁天像にかかわる重要なふたりが、どちらもいないということでございますね」

鈴子の脳裏に浮かんだのは、弁天像のうしろにいた、男の幽霊である。

——あれは、誰なのか。

「しかし、早合点のような気もしますがね」

孝冬が顎を撫でながら言う。

「早合点？　どのあたりがでございますか」

「いえ、ふたりがいないのは事実として、それで死んだの殺したの、という疑いが一足飛びに出るのが、どうもいささか不審に思われたもので」

「たしかに、そうでございますね」

ひとはそう簡単に死を連想しないだろう。なにかしらのきっかけがないかぎり。

「なにか、そう疑わせる証拠のようなものがあったのかな?」

孝冬は由良に尋ねる。由良は軽くうなずいた。

「巫女のお告げがあったとか」

「へ?」孝冬は目を丸くする。「なんだって? 巫女?」

「淡路では巫女や行者が口寄せをするので――」

由良は言ったものの、それ以上の説明に困ったようで、幹雄のほうを見た。

「由良の言うとおり、淡路には巫女や行者が多ての、祈禱やら憑き物落としやらする。『仏降ろし』言うて、死者の霊を呼ぶんはよくあるで」

「民間の宗教者のたぐいは取り締まりの対象では」

孝冬が言う。明治のころ、そういうお触れが出されたのである。

「神仏分離と修験道の禁止で修験者はおらんようになったけど、その代わりそういう巫女や行者は増えたで。なんやかや言うても、民間の宗教者はやっぱり必要なんやろ。ことに死者の声を聞く宗教者は」

求められとるから商売が成り立つわけやし、と言う。

「檀那寺《だんなでら》の坊さんには頼みにくいし、その辺のなんとか教やらに帰依したいわけでもない、せやけど死んだ肉親の言葉は聞きたい。そういう望みに応えとるんやな。ひとの情てそういうもんやろ」

どこかしみじみとした口調で幹雄は言った。彼も『仏降ろし』を頼んだことがあるのだろうか、と鈴子はちらりと思った。

「まあ、東京ならいざ知らず、片田舎の島やでな。そう取り締まりもきつうないていうのが実情とちゃうか」

回り弁天の神道化かて頓挫《とんざ》したわけやし――と幹雄は言う。おそらく取り締まる側の警察の人間も、巫女や行者を頼ることがあるに違いない。

「――それで、その巫女がどうお告げをしたというの？」

鈴子は由良に話のつづきを催促する。

「作蔵の伯父が――作蔵は小さいころにふた親を亡くしていて、父方の伯父に引き取られたんですが、この伯父が巫女に作蔵の行方を尋ねたんです。さがしてほしいと。そうしたら……」

『すでに死んでいる』と告げられたという。

「詳細はわからぬそうで。しかしそう言われたところで『はい、そうですか』とあきらめられるものではないので、伯父は帰ってくるのを待っているそうです」

茂一と作蔵、ともに両親を亡くしているのか、と鈴子は思った。

「その話から、茂一が作蔵を殺したのではないか、と？」

孝冬が確認すると、「そのようです」と由良はうなずいた。

「巫女のお告げね……」と孝冬は不審そうにつぶやいている。

「身内の安否を尋ねられたら、ふつうは『生きている』と言いそうなものでございますが……」

鈴子は『千里眼少女』として興行をしていたので、その巫女がほんとうにそうした力を持っているにしろ、いないにしろ、やりくちはわかる。身内の消息を知りたい者は、生きているという希望を得たいのであって、事実であっても死んでいることなど知りたいわけではない。ゆえにときとして事実よりも希望が優先される。

——その巫女は、依頼主の心情を斟酌《しんしゃく》しないのか、それとも……。

鈴子は、その巫女に興味を覚えた。

「その巫女とやらには、いまも会えるのかしら」

由良に訊くと、彼はぽかんとした。そんな問いをされるとは思ってもみなかったらしい。

「それは……はあ、訪ねれば、会えるかと。港町に居を構えているそうですので」

「住所は？」

「正確にはわかりません。飲み屋街の近くで、鳥居がある家だそうですが」

「神社なの？」

「いえ」

由良が首を横にふったと同時に、幹雄が膝を打った。

「三条《さんじょう》のキヨ婆さんか。それやったら、わしも知っとるわ。いや、会うたことはないんやけど、ここらではわりと有名な巫女やで。仏降ろしがうまいて」

「『三条』というのが住んでいるところでございますか」

「いや、出身が三条なんや。市村《いちむら》の三条。ここからやと、南東のほうにある村なんやけどな。市村いうのは市子《いちこ》の市村や。市子は巫女のこと。人形遣いの村でもある」

人形遣い——かの有名な淡路の人形芝居を操るひとたちだろうか。

「では、行ってみます」

そう言うと、

「じゃあ、私も一緒に」

孝冬は当然のように言う。

「孝冬さん、あんたは行かんほうがええと思うけど」

富貴子が口を挟んだ。「ここは東京とちゃう、淡路の湊やで。花菱家の当主がそんなわけのわからん巫女のもとへ行ったら、なに噂されるかわからん」

「すぐ祖父様の耳にも入るやろしのう」

幹雄も言う。

「しかし、その大叔父さんからの命令で動いていることですよ」

「そんなまっとうな理屈をあの祖父様が聞くと思うけ？」

孝冬は黙る。

「祖父様はなにがどうあれ、花菱家の不利益になるようなふるまいは嫌うひとやさかいにな」

理不尽である。孝冬はさすがに不満そうだった。

「うちが鈴子さんと一緒に行こか」

富貴子が団扇を挙手するように掲げた。

「というか、うちがその巫女はんに頼みがあって行く、ていう体裁にしたらええわ。ほんで、鈴子さん、あんたはこっちでまだ顔が知られてへんさかい、女中のふりしてついてくる。これでどうや？」

富貴子はにやっと笑った。

「出戻りのうちやったら、なんぼでもこっそり巫女はんとこに通う理由はあるて思われるやろ。再婚先を占うやら、縁談相手との縁を見てもらうやら」

そんな話はないけどな、と富貴子はからりと笑ってつけ加えた。

「どうや？」

と、富貴子は孝冬に団扇を差し向ける。

「はあ、そうですね。富貴子さんが一緒なら、たしかに安心です」

「ほな、決まり。そしたら、さっさと行こ。鈴子さん、女中に見えるような着物は持っとらんやろ。用意するさかい、ついといで」

てきぱきと決めて、富貴子はさっさと座敷を出て行った。気っ風のいいひとである、と清々しい気持ちを抱いて、鈴子は富貴子のあとを追った。

鈴子は貸してもらった地味な縮《ちぢみ》に着替えて、富貴子とともに屋敷を出た。車は喜佐が乗って出かけたらしく、なかったので、ゆるく潮風の吹くなかふたりして坂道をくだる。

「自動車はな、祖父様が嫌いで、父さんも遠くへ行くときくらいしか使わへんさかい、もっぱら母さんが使とるんよ。ちょっとは歩いたらええのに、いつでも車でな、あっちへ買い物、こっちへ買い物や。気分ええんやろな、この辺ではまだめずらしいさかい」

「富貴子さんは、お使いにならないのですか」

「邪魔くそうて好きやない。それに、運転手の副島は母さんのお気に入りやさかい、車使うとうるさいんよ。それも面倒やしな」

富貴子は例の皮肉そうな笑みを浮かべる。

「ここは景色もええさかい、気持ちええやろ」

前方を指さす。坂道からは海が見えた。水面が陽光を反射して輝いている。

「美しい景色でございますね」

「気候はええし、食べもんはなんでもうまいし、のんびりしとるし、うちはやっぱりここが好きやわ。ほっとする」

しみじみと富貴子は言った。心からの言葉であるのがよく伝わってくる。

「東京にはいっぺん行ってみたいけどな」

富貴子は鈴子のほうを見て、朗《ほが》らかに笑った。

「ぜひお越しくださいまし」

そう返した鈴子の顔を、富貴子は笑みを浮かべたままじっと見つめた。そうした表情は、どこか孝冬と似通ったものがある。これが血筋というものだろうか。

「鈴子さんは、なんで淡路の君を祓おうと思たん？」

富貴子は静かに言った。唐突な問いに鈴子は言葉につまる。

「言い出したんは孝冬さんと違うやろ。あのひとはもうずっと、あきらめきった顔しとったさかいな。それがあんた、いまはえらい生き生きした顔しとるんやもん、別人かと思たわ」

くっくっと富貴子は肩を揺らしている。

「あんたらふたり見とったら、わかったわ。手綱《たづな》を握っとるんは、鈴子さんのほうやねんな」

「そういうわけでは……」

「ほんでも、淡路の君を祓うて決めたんは鈴子さんやろ？」

「……」

それはたしかにそうである。

「うちはあの家で育ったせいやろか、そんなん、考えてもみんかったわ。――ちょう違うな、考えんふりしとった。どうせできんことに望みをかけるんは、しんどいやんか。ほやさかい、祓おて考えられるんは、外から来たひとやと思たんよ」

鈴子は海に視線を投じる。まぶしさにすこし目を細めた。

「腹が立ったからでございます」

偽《いつわ》りのない言葉を鈴子は口にした。

「淡路の君に支配されるのが。これまでも、このさきもずっと、怨霊に怯えて苛《さいな》まれるのかと思うと、腹が立ったのです」

だから鈴子は言ったのだ。淡路の君を退治したいと。

「ほんで、孝冬さんはなんて？」

「わたしに従うとおっしゃいました」

「従う？」

富貴子は目を丸くして、次いで噴《ふ》き出した。

「ああ、おかしい。孝冬さん、そんなおもろいひとやったんやな。ベタ惚れやないの」

ひとしきり笑ったあと、富貴子は海を眺めた。

「うちが淡路でなく大阪に嫁いだんはな、こっちでは縁談がまとまらんかったからや。由緒ある神社や華族の親戚や言うて表向きは持ちあげられとっても、実際は憑き物筋のように思われとる。祟られとる一族や、て。もちろん、淡路の君やなんやて詳しいことは皆知らんけどな。表向きの家柄につられる家もそらあるで。ほやけど、うちはこの家のことをなんも知らん土地に嫁ぎたかった。まあ、うまくいかんかったけど」

ふ、と富貴子はさびしげな微笑を見せる。

「兄さんもな、縁談はぽつぽつ来とるけど、なんとのう立ち消えになる。まあほんでも、そのうちそれなりの家の、それなりのお嫁さんが見つかるやろ。これまでがそうやったみたいにな。本家の孝冬さんとこに比べたら、うちらの苦悩なんてなんでもないもんやろうけど……」

「それは、比べることではないと思います」

鈴子が言うと、富貴子はしばし鈴子の顔を眺め、やわらかな笑みを浮かべた。

「そういうとこやろなあ、孝冬さんが惚れ込んだのは」

どういうところだろう、と思ったが、どうも訊きかねた。

「うちもな、自分だけやったらあきらめもつくけど、大阪に残してきた子を考えるとな、どうせ祓えへんのやからしかたない、ではすまされへん。淡路の君は、なんとかしたいて思うわ」

つぶやくように言う富貴子の横顔を、潮風が撫でていった。鈴子は風になびく富貴子の後れ毛を眺めながら、ただ黙ってうなずいた。

『三条のキヨ婆』というその巫女の住まいは、飲み屋街の外れ、生い茂る藪《やぶ》に隠れるようにしてあった。たしかに木の鳥居が建てられているのだが、いたって簡素なもので、それも丈高い藪に覆われて、一見するとわからない。藪の陰に花の枯れた紫陽花《あじさい》が植わっていた。

　住居は板葺きの平屋がひと棟あるきりで、小屋とは言わないまでも、こぢんまりとした住まいだった。玄関の引き戸は開け放たれ、薄暗い土間が覗いていた。

「ごめんなして」

　富貴子が玄関の敷居をまたぎ、声をかける。土間の右手奥は台所になっており、竈《かまど》があるのが見えた。その向かい、土間の正面は板間で、そこに老婆が座っていた。土間に入るまでそこにひとがいることに気づかず、鈴子も富貴子もぎょっとして固まった。

　老婆は真っ白な髪を髷《まげ》には結わず、うしろでくくっているだけで、額にはちまきのようなものを巻いている。濃紺の麻地らしい着物に白い袖なしの上着を羽織り、手には数珠を持っていた。その風体に、巫女というのをあやしく思う。

「おまはんが、キヨさん？」

　そう尋ねた富貴子の声音はあからさまに不審がっていた。

「花菱のもんが、祈禱でも頼みに来たんけ。おまはんとこの憑き物はうちには落とせへんで」

　老婆の発した声は歳に似合わず朗々として、よく響いた。富貴子は気圧《けお》されたように口れて見えない。老婆の肌は白粉《おしろい》でも刷いたように白いが、細かな皺《しわ》が刻まれ、双眸《そうぼう》はたるんだ瞼《まぶた》に隠れて見えない。

す、と彼女は手を持ちあげ、鈴子を指さした。

「おまはんは、花菱の嫁やな。香のにおいがしよるさかい。御霊《ごりよう》の手が肩にかかっとる」

思わず鈴子はぞくりとした。富貴子も息を呑んでいる。

「ふん。まあ、ええ。なんの用か知らんが、はよあがりぃ。莫蓙《ござ》しかないがの」

鈴子は富貴子と視線を交わし、うなずくと、板間にあがった。老婆の前に丸い莫蓙がふたつ並んでいる。ふたりはそれぞれに腰をおろした。

「おたみ、おたみ！」老婆が出入り口のほうへ向かって声を張りあげた。「お客さんやで。麦湯を持って来んかれ」

外から十四、五くらいの少女が前掛けで手を拭きながら入ってきて、台所のほうへ走った。孫か、下働きの女中か。おたみと呼ばれたその少女は、年季の入った木の盆に湯呑みをのせて板間にあがってくる。三人の前に湯呑みを置くと、上目遣いに軽く頭をさげてさがった。

鈴子は麦湯を飲み、ほっと息をつく。歩いてきたので、喉が渇いていたのだ。袂から手拭いをとりだし、首筋の汗を拭いてから、あらためて老婆を——キヨを見すえた。

「申し遅れました。花菱鈴子でございます」

会釈をすると、キヨは扇子で扇ぎながら、鈴子の顔をじいっと検分するように眺めた。

「おまはん、東京もんけ」

その声音がどこかいぶかしむふうであったので、鈴子は首をかしげつつ、「さようでございますが」と答えた。

「こっちに親戚は」

「おりませんが……」いよいよもって不審である。「どういうことでございますか」

キヨはつと視線をそらした。「ふん。花菱本家の嫁に、よそもんを据えるとはの」

「花菱男爵は東京におるんやさかい、花嫁さんも東京のひとでおかしないやないの」

富貴子がムッとした様子で口を挟んだ。「花菱の縁者でもないあんたなんぞが、何様や」

「へっ」とキヨは笑った。前歯の抜けた口もとが露《あら》わになる。

「きついおなごやの。嫁ぎ先でもその調子で、追い出されよったか」

ふん、と富貴子は鼻で笑う。「自分で出てきたんや。それくらい自分で決めるわ」

「そらええ。おまはんやったら、その調子で生きてゆけるやろ」

「それは巫女のご託宣？」

「あほなことを。おまはんにご託宣なんぞいらん。今日もまさか、再縁祈願に来たわけでもないやろ」

「そらそうや。あんたに訊きたいことがあってな。先だって、伊元村のもんが来たやろ。おらんようになった甥っ子の行方を訊きに」

キヨはしばし思い出すように宙を見つめていたが、「ああ」とうなずいた。

「そんなこともあったのう」

「おらんようになったのは、作蔵ていう男や。ほんで、あんたはその作蔵がもう死んどるて言うた。間違いないけ?」

「なんでほんなこと訊くんや。こちとら客商売やで。そうそう客の話なんぞできんわい」

富貴子が顔をしかめた。鈴子は帯のあいだから札入れをとりだして、畳の上に置いた。

「おっしゃるとおりでございます。あなたの商売の信用を損なうぶんだけ、言い値で購《あがな》いましょう。もちろん、ここで耳にしたことはよそには洩らしません」

キヨが垂れ下がった瞼を持ちあげた。顔には面白がるような色が浮かんでいる。

「慣れとるのう。おまはん、すれっからしには見えんが、根っからええとこの嬢はんてわけでもなさそうやの」

キヨは天井に目を向ける。いくらふんだくれるか思案している顔だ。

「ほんなら、三円でどうや」

富貴子がさらに顔をしかめたが、鈴子は「よろしゅうございます」と答えて札入れを開いた。米が一升五十四銭ほど、大工の日当が二円程度である。鈴子は一円札一枚と五十銭札一枚をとりだし、キヨの前に置いた。

「残りはお話をうかがってからお渡しします」

「ふん」と鼻を鳴らし、キヨは札を帯のあいだにねじ込んで、

「伊元村の作蔵やな。わしの言うたことに間違いないわ。あれは死んどる」

と言った。札を入れた手で数珠をまさぐり、両手を合わせて拝むそぶりをする。巫女なのか尼なのかわからない。

「どうしてそうとわかったのですか」

「そら、わかる。冷たなるさかい」

当たり前のようにキヨは言った。

「冷たくなる……？」

「訪ねてきたんはその作蔵の伯父での、親の亡うなった作蔵を引き取って育てた。養父やの。そういう縁の濃いもんやったら、生き死にくらいすぐわかる。その伯父を通して、作蔵のことを思い浮かべる。そうするとの、ふうっと冷えた風が、膝あたりから吹きよる。

指先が冷たあなる。ああ、死んどるのう、と思うんや」

鈴子はひと呼吸置いてから、

「作蔵の霊が現れたわけではないのですか」

と尋ねた。

「そう訊かれるとは思わんかったわ。ただの勘か、て言われるかと思うたがの」

キヨは意外そうに言う。

「伯父に憑いてきとったら、そら見える。ほやけど、ありゃあ伯父には憑いとりゃせんかったさかい、死んだいうのがわかっただけや。伯父も作蔵もおたがいに思い入れがないんやろ。あの伯父は村のもんの手前、なんかせんといかんさかい、うちのとこに来ただけや。作蔵が死んどろうが生きとろうが、どっちでもええんや。いや、死んどってくれたほうがこれ以上さがさんですむさかい、ええ思うとった。ほやさかい、うちは死んどるて教えたった」

キヨは、ふん、と不満げに鼻を鳴らした。「あの男はケチやったの。値切ろうとしよったうえ、出し渋りよった。罰《ばち》が当たるで言うておどかしといたわ」

「あんたもずいぶん罰当たりな気ィするけどのう」富貴子がつぶやいたが、キヨは無視した。

「作蔵の霊が現れるとしたら、死んだところでしょうか」

鈴子の脳裏にあったのは、弁天像である。

「成仏してへんかったら、そやろの」

「どうして死んだかは、わかりませんでしたか」

「わからん。死んだことしかわからん」

「仏降ろしをすれば、おわかりになりますか」

キヨはいやそうに唇を歪《ゆが》めた。

「どこでもいつでもぱっぱとできるもんやと思われても困る。作蔵にとったら、うちは見ず知らずの婆さんやで。ほんなとこに呼ばれたからいうて来るわけないやろ」

「ああ――なるほど。ようすがないと、難しいのでございますね」

死んだ場所だとか、親族だとか、思い入れのあるひととか――そういうようすがが死霊を呼ぶには必要ということだろう。

キヨは口をつぐみ、鈴子のほうを見ているようだった。瞼が垂れているので、実際のところよくわからないが。

「……うちが言えるのは、これでしまいや。作蔵は死んどる、それしかわかることはあらへん」

キヨは片手を鈴子に向かって突き出した。残りの金を払えということだろう。鈴子は札入れから札を抜いて、キヨの手のひらにのせた。キヨは札をすばやく折りたたみ、また帯のあいだへねじ込んだ。

「おまはんは、うちとおなじやな」

キヨは瞼をあげてじろりと鈴子の顔を見やり、そう告げた。

「おなじ？」

「巫女や。――ええか、これは同類のよしみでただで教えたる。おまはんは恐ろしい御霊にえらい好かれとる。それがええことなんか、悪いことなんか、どっちに転ぶかはうちには見えん。ただ、おまはんが漕いで出ようとしとる海は、嵐や」

訊き返す間もなく、キヨはひと息に言った。鈴子はぽかんとするほかなかった。なにを言われたのか、すべて理解できていない。しかし。

「漕いで出ずとも、嵐は嵐でございます。わたしは、家のなかで嵐をただ見ているわけには参りません」

鈴子がそう言うと、キヨは「かあっ」と大口を開けて、笑った。

その日の午後、鈴子は孝冬とともにふたたび伊元村へ向かった。もう一度、弁天像の亡霊を見に行きたかったからである。

「弁天像の亡霊は、作蔵だとお考えですか」

車中で孝冬が問う。

「さあ……どうでございましょう」

「私もキヨ婆さんに会ってみたいですね。面白そうだ」

鈴子はキヨの言葉を思い出し、孝冬に尋ねた。

「『御霊』というのは、どういった霊でございましょうか」

「御霊信仰の御霊ですか」

「いえ、よくわかりません。キヨさんがおっしゃったので。おそらく淡路の君のことだと思いますが、御霊の手が肩にかかっている、好かれていると」

「へえ……」孝冬はすこし黙り、「御霊か。なるほど」とつぶやいた。

「御霊というのは、言葉の本来の意味としては霊魂の美称ですが、ようは祟りをもたらす強い霊ということですね。非常にすぐれた人間だとか、尋常でない死にかたをした人間なんかは、そういう強い霊になると信じられて、天災や疫病《えきびょう》の流行は彼らの祟りだとした。だから盛大に祀って鎮めようとしたわけです」

祟りをもたらす強い霊――なるほど、淡路の君である。

「代表的なのは牛頭天王《ごずてんのう》、またの名を祇園《ぎおん》天神を鎮める御霊会《ごりょうえ》。それから、個人の御霊、人格神としての御霊神なら、有名なのは菅原道真《すがわらのみちざね》でしょう。天神様です。こうした御霊神の信仰が盛んとなったのは、平安中期ですね。律令制による税制が破綻し、地方行政は乱れて、海賊が跋扈《ばっこ》していたのもこの時代……」

孝冬は説明の途中で口を閉じ、沈黙した。思考に沈んでいる様子であったので、鈴子は声をかけずに見守っていた。

「島神神社は、淡路の君の怨霊を御霊として祀り鎮めるための神社だったのかもしれませんね」

ふたたび口を開いた孝冬は、そんなことを言った。

「表向きは伊弉諾尊を祭神としていながら、実のところそうなのかもしれない。そもそも今度鈴子さんと行う神社特有の神事というのも、淡路の君のためのものですから」

「淡路の君のための……神社」

「つねづね疑問であったのは、中央に服属してからも国造《くにのみやつこ》やら国司《こくし》やらを務めていた一族が、一介の神社の神主になってしまった——つまり、表舞台から去ってしまったことです。このあたりの経緯がよくわかっていない。これ自体、淡路の君とかかわりがあるのかもしれませんね」

「淡路の君は、たしか――」鈴子は記憶を辿りつつ言葉を紡ぐ。「巫女だったのでございましょう。淡路島にまつわる怨霊を鎮める巫女……御巫《みかんのこ》というのでしたか。でしたら、そのころすでに花菱家は神社の神主であったのでは」

「御巫は神社の巫女とは異なります。現に御巫のなかには国造の娘がその役目にあてられていたものもあります。淡路の御巫もおそらくおなじように選ばれていたでしょう」

では、やはり淡路の君の祟りが一族を表舞台から去らせ、神社を建立させた可能性が高いのか。

「花菱家は、淡路の君を御霊という神として祀り、鎮めてきたということでございますね」

亡霊を食わせることによって。

それは、神というには悍《おぞ》ましい、魔というべき存在ではないか。

「――おや、あそこに誰かいますね」

ふと孝冬があげた声に、考え込んでいた鈴子は顔をあげた。前方を孝冬が指さしている。すこしさきに四つ辻があり、その角に道祖神らしき石像が祀られているのだが、その前にひとりの娘がしゃがみ込んでいる。拝んでいるようだ。

「とめてください」

鈴子は思わずそう言っていた。娘の子細ありげな様子が気になったのだ。

車を降りて娘に近づくが、彼女はこちらに気づきもせず、一心に拝んでいた。鈴子とおなじくらいか、すこし上くらいだろうか。手拭いを姉さん被りにして、木綿の着物を短くたくし上げ、前掛けをつけ、たすき掛けに腕抜き、脚絆という仕事着姿である。

「もし」

鈴子が声をかけると、娘の肩がびくりと跳ねた。鈴子と孝冬を見て目をみはり、あわてて立ちあがる。よく陽に灼けた頰がふっくらと健康的で、ひなたのにおいがしそうな娘だった。

彼女はとまっている車を見て、さらに驚いたように目を剝《む》いていた。

「驚かせてごめんなさい。あの……なにを熱心に拝んでいるのかと思ったものだから」

丁寧な言葉ではかえって固くなるかもしれない、と鈴子はできるだけ親しげな口調で言った。とはいえ愛嬌があるとはお世辞にも言えない鈴子であるので、彼女がどう受けとったかはわからない。

娘は答えず、前掛けを両手で揉みしだき、うろたえたように視線をさまよわせている。困っているというよりは、人見知りをしている様子に思えた。

「あなたは、作蔵さんや茂一さんとおなじ年頃かしら」

彼女はぎょっとした顔であとずさった。

「な、なんで――」

「知り合い？　おなじ村なら、顔くらい知っていて当然でしょうけど」

「……はあ……、そりゃ、知っとります。同い年で、昔からよう知っとるふたりです」

言って、娘は肩を落とした。ふたりの幼なじみといったところか。考えてみれば、由良から聞いた話はすべて男たちからのものだった。女たちには訊いていないのだろう。

「あなたのお名前は？」

「うちは、フサ、いいます。おふたりは、花菱様んとこの旦那はんと、おしなはんですやろ」

おしなはん、がわからず鈴子は孝冬をちらと見た。孝冬は「奥様、という意味ですよ」と言った。

「村長が頼んで、弁天様のこと、調べとると聞いとりますけんど……」

「その流れで、作蔵さんと茂一さんがいなくなったことについて、調べているところなの」

フサはかなしげな顔になった。

「作蔵はんも茂一はんも、いまどこでどうしとるのか……茂一はんが港町のほうへ行くんを見た言うひともおるみたいやし、元気やったらそれでええんですけど」

「それをお祈りしていたの？」

フサはしょんぼりとうなずいた。

「ふたりとも、おとうもおかあもおらへんさかい、神さんに拝んでくれるひともおらん。うちくらい、拝んでやらんと、と思て朝夕ここで拝んどります」

「そう……」

「昔から茂一はんは意地っ張りやったさかい、いっぺん村を出てく言うたら、自分からはばつが悪うて帰ってこれへんと思います。ほやさかい、作蔵はんが一緒についてって、なだめとるんとちゃうやろか」

そう言いながらも、フサは不安そうだった。鈴子はまさか、作蔵は死んでいるらしい、とは言えない。

「ふたりは仲がよかったの？」

フサはうなずく。「作蔵はんは小さいときに親が亡うなって、茂一はんはなにかと世話焼いとったんです。子供のときから兄貴分やったんです。ほんで、茂一はんの親も十三年に病気でころっと死んでしもて。それからは、いっそう仲ようなったみたいです」

若衆組に入ってからはようわからんけど、とフサは付け足す。

「どうも、そのころにはあんまり仲ようなくなっとる気ぃしました。若衆組のなかのことは、うちもそうわからへんさかい、噂とか、又聞きとかですけど……」

「仲が悪いとか、ケンカしたとか、そんな噂でも聞いたの？」

うーん、とフサは思い出すように首を左右にかしげた。

「作蔵はんが、なんや茂一はんを馬鹿にしたとか……ほんで、ケンカになるとこやったて、聞きました。檀尻の担ぎかたが下手やとかどうとか、そんなんやったと思いますけど。ほんでも、勘違いやと思います」

「勘違い？」

「茂一はんの。作蔵はんは誰かを馬鹿にしたことなんかいっぺんもありません。茂一はんも、作蔵はんの性格はわかっとると思うんやけど……かっとなりやすいひとやさかい、誤解して頭に血ィのぼったんかも」

なるほど、と鈴子はうなずく。「それで、弁天像を壊したことを、作蔵さんのせいにしようとしたのかしら」

「ほんまに、なんであんなあほなことしたんやろ」フサはあきれたように言った。「すぐばれるに決まっとるのに」

そこでフサは口を閉じて、うなだれた。

「……駄々《だだ》っ子みたいなことして。茂一はん、ほんまそういうとこあるんです」

「駄々っ子？」

「たぶん、作蔵はんを困らせたかったんやと思います。昔からときどき、そういうやりかたで——なんていうたらええんかな、気を惹くていうか、かまってもらおうとするていうか」

「茂一さんが……？」

「子供っぽいんです。ほやさかい、駄々っ子。癇癪《かんしやく》持ちで。茂一はん、体が大きゅうて兄貴肌で頼りになりそうに見えますけど、ほんまは子供気分の抜けへんひとやさかい、作蔵はんみたいなおおらかなひと相手に甘えとるとこありました。作蔵はん、なにやっても怒らへんさかい」

フサの口から、ふたりの姿が生き生きと浮かびあがってくる。茂一と作蔵の息吹を感じる。彼らはたしかにここにいたのだ。

「いまも、茂一はんはやっぱり作蔵はんに甘えてるんやと思います。きっと、ふたりでどっかの村にでもおって、帰ってくる算段しとるんやと……」

フサは鈴子と孝冬に向かって頭をさげた。

「ふたりがどこにおるか、わかったら教えてくれませんやろか。無事かどうかだけでも」

「ええ——それはもちろん」

とっさに鈴子はそう答えていた。頭をあげたフサは、不安そうな顔に無理に笑みを浮かべて、立ち去っていった。

「……ふたりでどこかにいるに違いない——と思いたい、といったふうですね」

フサのうしろ姿を見やり、孝冬はつぶやいた。「せめて茂一が無事でいるといいのですが」

鈴子は黙って道祖神の前にしゃがみ込むと、手を合わせて拝んだ。

それから、鈴子は孝冬とともに溜池に向かった。堤にあがり、弁天像に近づく。すすり泣きの声が聞こえてくる。鈴子はゆっくりと歩みよった。

あたりには蟬の声が鳴り響いており、濃い緑のにおいが漂う。堤は草木がきれいに刈り取られているが、弁天像の向こう側は山裾の森が広がり、下草も生い茂っている。一歩進むごと、蟬の声に泣き声が渾然《こんぜん》と響き、草いきれは強くなり、暑さもあいまってくらくらとしてくる。

弁天像のうしろに男の姿が見える。力なくうなだれた首は太く、肩幅はがっしりとして、大柄だ。

――作蔵ではない。

この亡霊は大柄な男だ。貧相な体つきであったという作蔵ではない。

「茂一さん」

鈴子は声をかけた。震えていた男の肩がぴたりととまる。

「茂一さん」

もう一度、はっきりとした声で呼ぶ。男は顔をあげた。

この男は茂一だ。彼も死んでいたのだ。

鈴子は茂一の前に回り込む。腰をかがめて彼の顔を正面から見すえた。その顔は涙に濡れており、髪も乱れている。体つき同様、がっしりと骨張った、厳つい顔立ちだった。

すう、と茂一は立ちあがる。はっと鈴子はうしろへさがった。茂一が足を踏みだしたので、鈴子は横にのいた。音もなく茂一は歩いて、森のなかへと入ってゆく。ゆっくりとした動きに見えて、気づくとずっとさきを歩いている。鈴子と孝冬はあわててあとを追った。

「どこへ行くつもりでしょうね」

小走りに追いかけながら、孝冬がささやく。

「山ではございませんか」

と、鈴子はつぶやいた。行く手にあるのは山だ。低山ではあるが、あまり奥深くまで入り込まれると、追うのが難しくなる。

　藪を押し分け、下草を踏み、獣道をなんとかついてゆく。足もとが悪く、木の根や石につまずく鈴子を、そのたび孝冬が支えた。

「とまりましたよ」

　孝冬がそう言ったのは、鈴子が何度目かで石につまずき、転びかけたときだった。孝冬の腕につかまり、鈴子は前方に目を向ける。茂一が大きな岩の前に佇んでいた。うつむいている。

　茂一は、す、と近くの藪を指さした。

　――なんだろう。

　鈴子と孝冬は無言で藪のほうに歩いていった。茂一が指さすのは、その下方だ。孝冬が膝をつき、藪の下を覗き込む。

「あ……」

　孝冬はかすかな声をあげた。ふり返らない。

「どうなさいました」

　鈴子が尋ねると、ゆっくりとふり向いた。孝冬は静かに言った。

「骨があります」

そう言った途端、茂一の姿が、ふうと煙のように揺らいだ。見る間にその姿は薄れ、淡くなり、輪郭が朧《おぼろ》になってゆく。

茂一はなんの言葉も残すことなく、ただひっそりと消えていった。

「消えた……」

孝冬が立ちあがり、茂一のいたあたりを眺め、つぶやく。

「ここに骨があることを知らせたかった、そういうことでしょうか。われわれが見つけたから、満足した？」

「そう思います」言ってから、鈴子は「たぶん」と付け足した。

孝冬はふたたび藪のほうをふり返り、しゃがみ込んだ。

「これは、茂一と作蔵の骨でしょうか」

藪をかき分け、骨を露わにする。大人の白骨体が二体あるようだった。衣を着たままだ。片方は濃い藍色に絣の筒袖の木綿、上衣は腿辺りまでの長さで、下には股引きを穿いている。もう片方は煤《すす》けたような茶色の着物で、やはり下は股引きである。藍色の着物を凝視し、鈴子は「こちらは、茂一さんのようですね」と指さした。亡霊が着ていたのとおなじ着物だったのだ。

「では、もう片方は作蔵？」

「おそらく……」

そうでなくては、茂一はああも泣いていなかったはずだ。

「なんらかの事情で、作蔵さんが死んでしまった。だから茂一さんは泣いていたのではないかと思います」

「自分も死んでいるのに？　それに、この白骨は藪の下に隠すように押し込んであります。二体ともです」

孝冬の言いたいことは、鈴子にもわかった。孝冬はあたりを見まわす。

「――第三者がいますね」

茂一と作蔵のほかに、第三者がかかわっている。その者がふたりの遺体を藪のなかに隠した。

「ともかく、村長に知らせねばなりませんね」

そう言う孝冬に、鈴子は、

「確認していただきたいことがございます」

と、頼みごとをした。

村長に知らせてから、鈴子と孝冬は花菱家に戻った。村長が花菱家を尋ねてきたのは、翌朝のことである。

「白骨が着とったもんからしますと、ひとりは茂一、もうひとりは作蔵やろうと思います。あの山に亡骸《なきがら》があろうとは、まったくもって思いもよらず――」

村長は事後報告に来たのだった。彼はひと晩でげっそりとやつれ、目の下には隈《くま》が出来ている。

「警察に知らせにやったり、村のもんに説明したりでてんやわんやのとこに、若衆のひとりが騒ぎを起こしましてな」

「騒ぎといいますと」

孝冬が尋ねると、村長は充血した目をしょぼつかせて、

「首くくろうとしてましたんや」

と言った。

「若衆組の宿にしとる家の納屋で。さいわい、様子がおかしかったさかい、すぐにほかのもんが気づいてとめました」

まったく、と村長は深いため息をついた。

「そのかたは、どうしてそんなことを――」

なさったのですか、と鈴子が皆まで言う前に、村長は言葉を被せた。

「怖かった、言うんですわ」

「怖かった？」

「『わしのせいでふたりとも死んでしもたさかい、怖かった』と……」

村長は指で眉間《みけん》を揉む。

「おふたりから知らせを頂戴《ちょうだい》しましたとき、確認してほしいとおっしゃいましたやろ。茂一が港のほうへ向かう道を歩いているのを見た、と言っていたのは誰か、と。それが、そいつですわ。留吉《とめきち》いいます。茂一と同い年の男です」

由良が聞いてきた話のなかで、そんな目撃談があった。実際には茂一は山で死んでいたのだから、それは見間違いか、勘違いか、嘘である。いずれであるのか、知りたかったのだ。

「嘘やったそうです。そう言うたら、茂一は港町へ行ったと思うやろうと考えたそうで」

孝冬は腕を組み、

「いったい、なにがあったんです？」

端的に問う。

「どう話したらええんか……最初から、順番に話します。留吉は若衆組に入ってから茂一と親しくなったそうなんですが、茂一は体も大きくて、頭若衆になるやろうと言われとった男でしたさかい、仲ようしとけば自分も村内で有利な立場になれると思たらしいんですな。留吉は小柄で、ケンカも弱い。それでは檀尻で格好がつきませんさかい、村での立場も弱い。それを茂一とつるむことで、強く見せようとしたんですわ」

その留吉が、気に食わない男がいた。

「作蔵です。留吉は作蔵を見下しとった。自分より貧相で、気ィも弱い。こいつにだけはいばれる、いうことです。ですが――」

「茂一さんは、作蔵さんと仲がよくて、頼りにもなさっていたのでしょう？」

鈴子が言うと、よくご存じで、と村長はうなずいた。

「それが気に食わんかったんですな。ほやさかい、いやがらせをした」

「いやがらせ？」

「茂一に嘘を吹き込んだんです。作蔵が茂一を馬鹿にしとると。檀尻の担ぎかたが下手や言うて」

ああ、と鈴子は思い至る。フサがそのようなことを言っていた。留吉が吹き込んだ嘘だったのか。

「つまらん真似をしたもんです。若衆組に入ったら、一人前や。その一人前のもんがすることやない。半人前にもならん。茂一も茂一で、なんでそんな嘘を疑いもせんかったんか」

村長は手で己の膝をたたいた。額に青筋を立てている。

「それで、茂一と作蔵は仲違いをしたわけですね」

孝冬が言うと、村長は気を落ち着けるように何度か膝をたたき、「そうです」と答えた。

「ほんで……弁天像の一件が起きました。茂一は罰を受けましたが、作蔵が許してやってくれと嘆願した。それがかえって茂一の気に障ったようで、茂一は村を出ると言い出した。引き留めようにも、罰の最中で、言葉を交わしたらあかんときですさかい、誰もなんも言えん。ほんでも、作蔵は決まりを破って、茂一を引き留めてたそうです」

村長はうなだれ、じっと畳の目を見つめている。

「その日、弁天像のそばで言い争っている茂一と作蔵を、留吉は見かけたのだそうです。言い争うというより、茂一が作蔵に突っかかり、それを作蔵がなだめている様子だったと。しばらくして、ふたりは山へ向かったそうです。留吉はそのあとをこっそり追いかけた。なんでか言うたら、自分のついた嘘がばれるんやないかと心配になったからだそうです。茂一はかっとなりやすい男ですが、作蔵がこんこんと諭して説明すれば、嘘やとわかるかもしれん。そう思て、あとをつけたと……」

ふたりは山へと入っていった。留吉もすこし遅れてついていった。

「そしたら、そこでもなにか茂一が怒鳴っているようで、留吉は足音を立てぬよう、近づいて木のうしろに隠れたそうです。『よけいなお世話や』などという声が聞こえたとか。作蔵の気遣いをうっとうしがったんでしょうな。留吉は石や落ち葉を踏んで音を立てんように、てほうに気をとられてたんで、あっと思たときには遅かったと、そう言うてました。腕をつかんでなにか言おうとした作蔵を、茂一は振り払って、突き飛ばしたんやそうです」

あの場には大きな岩があった。ごつごつとした、誤って転んでぶつかれば痛そうな岩だった。

「あの辺は足もとも石やら木の根やらで悪いですし、突き飛ばされた作蔵は体勢を崩して、うしろざまに倒れて、後頭部をまともに岩にぶつけてしもた……留吉はそう言うておりました」

倒れた作蔵は動かなくなった。茂一がひどく狼狽《ろうばい》して作蔵を揺さぶっていたが、作蔵はぐんにゃりと揺すられるだけで、陰から覗く留吉の目にも異変は明らかだった。

「それで、留吉はどうしたんです」

「留吉は、木のうしろにしゃがみ込み、隠れたそうです。見つかったら自分も殺されると、そのときは思たと。とにかく恐ろしゅうて、身を縮めて口を押さえて、震えとったそうです」

はあ、と村長は大きく息を吐いた。やりきれないような顔をしていた。

「せめてそのとき、留吉が出ていってくれとったら……茂一は作蔵を突き飛ばしただけやし、留吉を殺そうとするやなんてないやろうと、冷静になればわかるやろうに……」

留吉も作蔵が死ぬところを見て、平静ではいられなかったのだろう。

「どれくらいそうやって隠れとったか、わからへんと言うておりました。気づいたら日暮れ時で、夕陽がさしていたと。物音がせんので、留吉はようやく木のうしろから茂一のほうをうかがった。そしたら、茂一はおらん。作蔵の遺体はそこにあるまま。これで作蔵もおらんようになっとったら、夢やったんやと思えたのに、言うてましたわ」

留吉は木のうしろから出て、作蔵に近づいた。ほんとうに死んでいるのか、気がかりだった。近くで見る作蔵は、目を開いたまま、固まっていた。口もぽかんと軽く開いている。そこから息が漏れることも、胸が上下することもない。指先は曲がったまま、ぴくりとも動かない。肌も土気色になっていた。

「祖父母が死んだときを思い出した、と留吉は言うてました。そのときとおなじような顔をしとったと。肌に血の気がなく、真っ白に近い、変な色をしとった。そう言うて……ほんで、そのあと、留吉は気づいたそうです。近くの木で、茂一が首を吊っとった」

村長はぐっと奥歯を噛みしめ、無念そうな顔をしていた。

「首吊りいうても、上からぶらんとぶら下がっとるんやのうて、低い枝に帯を結んで、それにこう、首をひっかけとったそうで……そんなんでも死ぬんですな。しかし、すぐに死ぬわけとちゃいますやろ。返すがえす、留吉がもうちっと早うに気づいてくれたら、せめて茂一は助かったかもしれん。言うてもせんないことですが……」

村長は首をふる。

「留吉は茂一の体を帯から外して、地面に寝かせたそうです。気が動転しとって、茂一を助けようと思たのかどうか、自分でもわからん、ともかく夢中やったそうです。ほんでも、寝かせてみたらやっぱりもう死んどる。どうしたらええかもうわからんようになって、ふたりの亡骸を隠したんやそうです。藪のなかに押し込んで、見えんようにしてしまうと、ぜんぶ夢で、なにもなかったんやないかと、そう思えたそうです」

だが、若衆の宿に戻っても、茂一と作蔵は当然いない。

「なにがほんまにあったことで、なにがなかったことか、ようわからんようになって――はっきり言えば、蓋《ふた》をしたんですな。忘れたふりをして、嘘をついて、それがほんまやと思い込もうとしたんです。でも、骨が見つかりましたさかい、留吉も観念《かんねん》したんですわ」

やはりあれは現実だったのだと、その事実に向き合わざるを得なくなった。それに耐えきれず、首をくくろうとした。

「……留吉はとめることができてよかった。それだけはほんまに」

村長は手のひらで目もとをぬぐった。

「茂一は、ケンカっぱやて言うこと聞かんやつでしたけども、死なせとうはなかった。作蔵もです。若いもんが死ぬんは、こたえますわ」

すっかり肩を落とし、悄然《しょうぜん》としている村長に、鈴子も孝冬もかける言葉がない。

「ああ、すんません」村長はわれに返ったように顔をあげた。「お礼を申しあげるのを忘れておりました」

「お礼？」孝冬がけげんそうに問う。

「茂一を成仏させてくだすって、どうもありがとうございました」

村長は両手をつき、頭をさげる。「これで弁天像の泣き声についても解決しましたし、男爵にお頼みしてほんまによかったと思うとります」

「いえ、さほどのことはしておりませんので」

孝冬が言うも、村長はお礼にと酒樽《さかだる》をみっつも置いて帰っていった。地元では、花菱家当主の『お祓い』のお礼はたいてい酒なのだという。魚介類や米のこともあるそうだ。

鈴子は村長を見送ってから、「これから村を訪ねてもかまいませんか」と孝冬に訊いた。

「かまいませんが……」孝冬はけげんそうな顔をする。「まだなにか気になることでもありましたか」

鈴子はかぶりをふった。「いいえ、そういうことではなく。ただ、フサさんがどうなっているかと思って」

ああ、と孝冬はかすかな笑みを浮かべた。「では、行きましょうか」

ふたりは車で村に向かい、昨日も通った四つ辻にさしかかると、道祖神の前にしゃがみ込む娘の姿が今朝もあった。フサである。

フサは、今日は近づいてくる車に気づき、立ちあがった。鈴子と孝冬が車から降りると、フサはぺこりと頭をさげた。昨日のうちに茂一と作蔵のことは聞いたのだろう、フサは泣き腫《は》らした目をしていた。

「ふたりを見つけてくださって、ありがとうございました」

フサは洟をすすりあげながら、礼を言った。

「見つからんままやったら、墓にも入れられん。お参りもしてもらえん。お盆にも迎えてもらえん。死んでしもたのにそれやと、かわいそうですさかい」

「……ふたりのお骨は、まだ警察に?」

鈴子はかける言葉が見つからず、それだけ訊いた。

「はい。ほんでも、お盆までには戻してもらえるやろて、村長が言うてました。それやったら、ちゃんと埋葬して、初盆《はつぼん》ができます」

フサは泣き笑いの表情になった。

「弁天像のうしろで泣いとったのが茂一はんで、作蔵はんは幽霊にもならんとさっさと成仏しとったんですやろ」

「そうでしょうね」

作蔵の幽霊は現れていない。

「ふたりとも、らしいて思います」

事故とはいえ命を断たれた作蔵が幽霊となるでもなく、茂一は茂一で荒ぶる怨霊になるでもなく、ただ泣いていただけだった。

そういえば、と孝冬が声をあげた。

「ふたりはどうして、山に向かったんだろう。最初は弁天像のそばにいたようなのに」

「そりゃあ、弁天様のおそばでケンカなんかできませんやろ」

当たり前だろう、というような口調でフサが言った。

「ケンカ言うても、茂一はんが一方的にわあわあ言うとっただけやろうけど……きっと、作蔵はんやったら、そう言うと思います。弁天様のおそばでうるそうしたら迷惑や、て。それに――」

フサは顔をあげ、山のほうを見やった。茂一と作蔵が見つかった山だ。

「お山に登って、願掛けでもするつもりやったんと違うやろか」

「願掛け？　ああ、高山参りみたいに？」

淡路島のひとは、正月や田植えのあとなど、先山や諭鶴羽山といった高い山に登って祈願するのだという。

「うちらがお参りするお山は先山ですけど、それを真似て、あのお山に登ってお祈りしたんかなて」

「いったい、なんのために」

「はっしられとるんを許してもらえるように、とか作蔵はんやったら言いそうやけど……茂一はんは、作蔵はんと仲直りしとうて、一緒に登ったんと違うやろか」

フサは山を眺め、陽が眩しいのか、目を細めた。

「ほんでも、そこでもまた意地張って、つまらんことしてしもたんやろなあ……きっと作蔵はんは、はなから仲違いしとるつもりもなかったやろに」

あほやなあ、と言うフサの目が、また潤《うる》みはじめた。

帰りの車中で、孝冬が言った。

「淡路島では、新仏を迎える初盆では、灯籠木《とうろうぎ》、高灯籠などと呼ぶ柱を立てて、そこに提灯を吊ります。彼らのぶんの提灯を、こちらで用意してやりましょうか。茂一は親がいませんし、作蔵は彼の伯父がちゃんとしたものを用意してくれるかどうか、わかりませんから」

「そうしましょう」

鈴子はうなずき、窓の外を眺めた。吹き込んでくる風と蟬の鳴き声の向こうに、青々として水の滴《したた》るような、美しい山が見えた。

百日紅の木の下で

その日、干潮を迎える午前十時前のこと、鈴子は孝冬とともに島神神社へと赴いた。

これから神事を行うのである。

すでに孝冬の大叔父である吉衛とその息子の吉継が社務所の前で待ち構えており、ふたりは用意された白衣に着替えた。白い麻の単衣に袴、足もとは草鞋に履き替える。孝冬は「崖の階段を降りねばなりませんから、草履《ぞうり》でも裸足《はだし》でも危ないんですよ」と言い、草鞋の紐を鈴子の足に手際よくしっかりと巻きつけて結んだ。

着替えがすんだあとは、香を薫かねばならない。吉継が準備を整えた道具で、鈴子は香を薫いた。香炉ははじめて見る、丸い銀製のものだ。透かし彫りになっており、隙間から香のにおいが漂う作りになっている。蓋を外し、炭団《たどん》であたためた灰の上に、香木の破片を置く。しばらくすると、薄い煙とともに、においが漂ってきた。淡路の君のための香、『汐《しお》の月』のにおいだ。香炉には鎖がとりつけられており、持ち運びできるようになっている。

「じゃあ、行きましょうか」

香炉を提げた孝冬の口調は、軽やかである。対して、はい、と答えた鈴子の声は、いくらか緊張していた。

吉衛も吉継も、むっつりと押し黙ったままだ。このふたりは似てないようで、こういうときの表情はそっくりだった。鈴子と孝冬は彼らに一礼して、社務所を出る。外は昼間ほど暑くはないが、早朝には静かだった蟬が、うるさく鳴きはじめていた。社殿の奥に進み、しめ縄の外された入り口から小径に入る。藪と木々のあいだを歩くうち、道は徐々にくだりはじめ、ゆるやかに曲がる。途中から岩肌を穿《うが》った階段となり、木々は途切れ、片側は青い空と海があるばかりになった。崖はそう高いものではないが、落ちれば痛いだろうし、泳げぬ鈴子は確実に溺れる。

「崖にくっつくようにして、海のほうを見ないように降りれば、そう怖くありませんよ」

孝冬の助言に従い、鈴子は岩肌に身を寄せて降りていった。潮が引いて露わになった洞窟の入り口に到着したときには、安堵のあまり大きく息を吐いた。

洞窟は孝冬がすこし身をかがめて入らねばならないくらいの高さで、幅はふたりが悠々通れるくらいだった。奥行きはさほどない。大股で五歩進める程度だろうか。足もとは濡れており、足袋《たび》にじっとりと海水が染み込んできた。

――この洞窟内に香のにおいが満ち、淡路の君が現れるのを待つ。

そういう神事だった。淡路の君を鎮める祀りだというが、はたして意味があるのかどうか、鈴子には疑問だった。

洞窟内は薄暗くて涼しい。奥に祭壇でも設《しつら》えてあるのかと思ったが、なにもなかった。ただ濡れた岩肌があるだけだ。フジツボがくっついているわけでもなく、逃げ遅れた魚もいない。干潮のとき以外は海水に満たされているのであろうに、妙に生き物の気配が遠い洞窟だった。

においが濃くなる。深く、強く、それでいてさびしげな香りだ。

はっと気づいたときには、淡路の君は鈴子と孝冬の目の前にいた。——いや、正確には、鈴子の前だ。

淡路の君は鈴子より高い位置から見おろしている。伏せがちになった目は黒々としてなにも映していない。白い面は蠟《ろう》のようで、唇だけが際立って赤い。その唇が、ゆっくりと吊り上がった。目は動いていない。

唇が動く。声は聞こえないのに、音が頭のなかに響いてくる。

——もみじばの……ながれてとまる……みなとには……

男とも女ともつかぬ声だが、やわらかく美しい響きを持っていた。

——くれないふかきなみやたつらん

そう聞いた途端、鈴子はぞくっと背筋が冷えて、まなうらが赤く染まった気がした。思わずあとずさり、濡れた地面に足をとられそうになったのを、孝冬が腕をつかんで支えた。

「大丈夫ですか、鈴子さん」

淡路の君の姿は消えていた。いつのまにいなくなったのだろう。

「……淡路の君は……」

孝冬が周囲を見まわし、

「消えてしまいましたね」

「あの声は、いったいなんだったのでしょう」

「声？」

けげんそうに問われ、鈴子も問うた。

「お聞きになったでしょう？　淡路の君が、和歌のような言葉を口ずさんで――」

「いいえ。私には聞こえませんでした」

そんな馬鹿な、と思ったが、孝冬が嘘をつく理由もない。

「淡路の君が、なにか言っていたのですか？　和歌？」

鈴子は耳にした言葉を復唱した。孝冬は顎に手をあて、視線を下に向ける。

「もみじ葉のながれてとまるみなとには紅深き浪やたつらん……どこかで聞いたような和

歌ですね。私もそちら方面には詳しくないので、すぐには出てきませんが。吉継おじさんに訊けばわかるかな」

「あのかた、和歌にお詳しいのですか」

「和歌というか、文学に。——しかし、淡路の君が言葉を発するとは、私は経験がありません。そうした話を聞いた覚えもありませんし。とはいえ、淡路の君について祖父たちと話し合ったこともありませんのでね」

そう言われると、鈴子も自分が聞いたものが、しかと淡路の君の言葉かどうかに自信がなくなってくる。

「……淡路の君がしゃべったわけではないのかもしれません」

「いえ、この場で淡路の君が現れたときに聞いたのですから、やはり淡路の君の言葉と考えるのが妥当でしょう。とりあえず、大叔父に報告します。今日のように神事の補佐をするのはずっと大叔父でしたから、知っているかもしれません」

洞窟を香りで満たし、淡路の君が現れれば神事は終わりだ。鈴子と孝冬は戻ることにした。

「両親の遺体があったのはこの辺だったそうです」

洞窟を出る前、ふいに孝冬は入り口あたりを指さして言った。

「ふたりの姿が見えないので、花菱の家の者たちだけでなく、地元の漁師たちもさがしてくれていたのですが、彼らが干潮になったときにここに横たわるふたりを見つけてくれました」

「……そうでしたか」

「足や腕を紐で結んでいたわけではありませんが、抱き合って死んでいたそうですから、心中だろうと。もちろん、口止めがされましたが」

鈴子は濡れた地面を見つめる。ひんやりとした湿《しめ》り気が足もとから立ちのぼってくる。濡れた足が冷たい。こんな冷たくさびしいところ、それも花菱家の呪いの象徴とも言うべき場所に、孝冬の両親は流れ着いたのか。

「よりにもよって、ここで発見されるとは――不幸なものです」

孝冬は口もとを歪めて笑った。痛々しい笑みに見えた。彼は両親が死んだことさえ、己の存在のせいだと思っているのだろう。彼が存在することが、両親を苦しめ、死に追いやったのだと。

鈴子は海に目を向ける。美しい水平線が見える。深い藍色の海原に、午前のやわらかな陽光が降りそそいでいた。穏やかで、波の音さえとても静かだ。

「……砂浜などに流れ着いて、大勢の晒《さら》し者になるよりは、よかったのではありませんか」

すくなくとも彼の両親はこの海の前で、ひっそりと、ふたりきりでいられたのだ。遺体が衆目に晒されるというのは、身内にとっては耐えがたいことでもあろう。

孝冬は口もとから力を抜いて、ふっと笑みを浮かべた。

「あなたはいつも、気持ちの逃げ道を与えてくださいますね」

ありがとうございます、と孝冬は首を垂れた。


神社に戻ると、来たときとおなじように吉衛と吉継が社務所の前で待っていた。

「今年も無事に終わりました」

孝冬が香炉をさしだすと、吉衛は無言でうなずき、吉継が受けとる。鈴子と孝冬は玄関に用意してあった手拭いで濡れた足を拭いた。

「そういえば、大叔父さん。淡路の君は、言葉を発するのでしょうか」

尋ねた孝冬に、障子を開けようとしていた吉衛は、はじかれたようにふり返った。

「なんやて。淡路の君が、なんぞ言うたんけ？」

「え、ええ……いいえ、私は聞こえなかったんですが、鈴子さんが」

吉衛が鈴子に鋭い目を向ける。

「和歌が聞こえたように思います」

言って、もみじ葉の……の和歌を口にする。

「ふん。わしは和歌なんぞようわからんが」と言い、吉衛は隣の吉継に目を向ける。吉継は、「素性《そせい》法師の歌や」とあっさり答えた。「三十六歌仙のひとり」

「どういう意味の和歌でございましょうか」

「べつに難しい歌やない。紅葉が流れ着く河口には紅い波が立つんやろか、くらいの意味──いや、淡路の君が言うたからには、意味はわしが決めることやない。そやろ」

吉継は吉衛のほうを見た。吉衛はうなずき、しばし鈴子の顔をじいっと眺めた。

「せんどぶりやのう、託宣を聞く嫁は」

「託宣……でございますか」

鈴子は孝冬を見るが、彼はわからない、というように首をかしげた。

「淡路の君はあの洞窟で託宣をくだすことがあるんや。聞くのは嫁で、それをどう解釈するかは当主の役目や。毎年託宣するわけでもないし、嫁なら誰でも聞けるもんでもない。一度も託宣をもらえへんときは家が傾くて言われとる。兄貴のときはあったが、春実の……おまえの父親のときはなかったわ。実秋は嫁をもらわんままやったさかい、言わずもがなや」

「そんな話は、一度も聞いてませんが」

孝冬が不審そうに訊くと、

「去年までは嫁がおらんかったやないか。今年の神事が終わったら、託宣があろうがあるまいがおまえには話しとこうとは思うとった。神事の前に話して、変に気にされて神事に差し障《さわ》りがあったら困るさかい」

吉衛はちらと鈴子を見る。

「託宣がなかったら、嫁さんには話すつもりはなかったんや」

おや、と鈴子は思った。

「わたしが気にするといけないからでございますか？」

「うん、まあ、その……」吉衛は苦い顔で視線を落とす。「春実のときに、嫁さんに話してしもてのう。悪いことをした」

「そうだったんですか」と、孝冬が驚いたように言った。「母は、気にしていたんですか」

「この家の不幸は、自分が淡路の君に気に入られてへんからやないかと、気に病んどった――」言って、吉衛は「いや、そこまで気にしとったわけやない」とすこしうろたえたように否定した。

――この家の不幸。

孝冬は黙り込んでしまった。不幸とは、つまり自分の存在をさしているのだと思っているのだろう。

吉衛は咳払いして、

「明治になって、神社もいろいろ変わったさかい、社家がごたつくのはそのせいや。そう言うといた」

と言った。鈴子はまた、おや、と思った。

——このひとは……。

いま、たぶん孝冬を気遣っている。そうでなくては、言葉を付け足さずともいいはずだ。

「こんな話は、どうでもええ。はよ着替えてしまえ。片付かへん」

険しい顔をしてそう言い、吉衛は吉継を急き立て玄関脇の部屋へと入ってしまった。ぴしゃりと障子が閉まる。

「着替えましょうか、鈴子さん」

鈴子は閉まった障子戸と孝冬を交互に眺め、ただうなずいた。いま感じたことを告げても、孝冬は「気のせいでしょう」としか言わない気がした。

その日の昼下がりのことである。

花祥養育院に行っていたわかが戻ってきた。座敷でお礼のあいさつを述べるわかに、

「もっとゆっくりしていてもよかったのよ」と鈴子が言うと、わかは「それが、奥様……」

と困った顔で膝を進めた。

「幽霊が出たんです」

深刻そうにわかは言った。

「花祥養育院に？」

いいえ、とわかはかぶりをふる。

「養育院からはちょっと離れたところの、海岸寄りの四つ辻に、百日紅《さるすべり》があるんですけど
――大きな木で、毎年この時季になると赤紫の花を咲かせて、そりゃあきれいなんですけ
ど、その下に、いたんです」

「幽霊が？」と鈴子が確認すると、「幽霊が」とわかは復唱して、うなずいた。

「巡礼の娘さんのようなんですけど――」

「巡礼……ああ、たしか淡路島には霊場があるのだったかしら」

「観音様とか、お薬師さんとかです。観音様が三十三カ所、お薬師さんだと四十九カ所、
両方合わせると八十二カ所になります」

「ずいぶんあるのね」

「数は多いですけど、島ですから、ぜんぶ回っても十三日くらいですよ。村だと嫁入り前の娘さんたちが連れ立って巡礼します。巡礼しないと嫁入りできないとか、巡礼すると嫁ぐのが早いとか言うんです」

「そうなの？」

てっきり信心深い老人たちばかりがするものかと思っていた。

「じゃあ、きっと華やかでしょうね」

「そうですねえ。娘さんたちみんなでご詠歌を歌って、鈴を鳴らして……農作業が一段落する晩春のころになると、決まっておそろいの巡礼姿に身を包んだ娘さんたちを見ますから、ああもうそんな季節なんだなあって思います」

新緑のなかを歩く娘たちの、のどかな光景が目に浮かぶようだった。

「その娘さんの幽霊がいたの？」

「ひとりなんですけど、格好が巡礼姿で、鈴を鳴らして、ご詠歌を歌いながら、こう――」

わかは右手を左から右にすうっと動かした。さらに右から左にも動かす。

「行ったり来たりするというか。いえ、行っては消えて、また現れて、やって来たかと思うと消える、そのくり返しのような……」

「百日紅の木の下で？」

「はい」

「行ったり来たりするだけなの？」

はい、とわかはうなずいてから、すこし首をかしげた。

「あたしには、そう見えました。そのとき一緒にいた養育院の子供たちは、やはりそう見えるという子もいれば、歌声しか聞こえないという子も、なにも見えないし聞こえない、という子もいました」

「養育院の子たちも一緒だったのね」

「松帆《まつほ》の松原まで、散歩に行ったんです。その途中にある四つ辻で……。あのあたりの浜辺は、きれいな砂浜のつづく海岸なんです。松林も美しくて」

「ああ、そうなのね」

こちらのことに詳しくない鈴子に、わかは逐一説明を加えてくれる。

「そんなにきれいな海岸なら、見に行きたいものね。——それに、その幽霊も気になるし」

「見に行ってくださいますか？」

わかの顔にほっとした色が浮かぶ。

「あの、なんだかその娘さんの様子が、こう、うなだれて元気がなさそうで、気になってしまって……」

言ってから、

「あっ、幽霊なんだから元気もなにもないんですけど」

と気づいたように言って、恥ずかしげに顔を赤くした。

鈴子は軽く笑みを浮かべる。わかのこういう何事にも素直で邪気のないところを、鈴子は好ましく思っている。死者であろうと生者であろうと、元気がなければわかは案じてしまうのだろう。

「いずれにしても、花祥養育院には一度足を運ぶつもりだったの。松帆の松原とやらまで足を延ばすことにするわ」

ありがとうございます、とわかは畳に手をついた。

「――そういうわけで、明日、花祥養育院へ行きたいのですけれど、よろしゅうございますか」

夜になって、鈴子は孝冬にそう尋ねた。午後、鈴子と孝冬は幹雄とともに彼の部屋でまた家系図やら略伝やらを調べていたのだが、肩が凝《こ》るばかりで目覚ましい発見はなかった。

わかが帰ってきて鈴子が中座してのちも、孝冬と幹雄は作業をつづけており、いっぽう鈴子はその後富貴子になかば強引に誘われ買い物に出かけていた。そのため、いまに至るまで孝冬とゆっくり話す暇がなかったのだ。夕食を食べ、風呂をすませてようやく、腰を据えて話すことができた。

「ええ、もちろん。もともと、滞在中に訪ねるつもりでしたからね」

ところで――と、孝冬は鈴子の隣に腰をおろした。

「なにをなさっているんです？」

鈴子の前には半衿が並んでいる。薄緑に流水と千鳥の型染め、淡藤《あわふじ》色に撫子《なでしこ》と萩《はぎ》の刺繍、藤色に撫子と水玉の刺繍、香色に朝顔の刺繍……色とりどりの半衿だ。それぞれを鈴子は手にとっては戻しをくり返している。

「明日の着物にどれを合わせようかと悩んでいるのです」

壁際の衣桁《いこう》には明日着る予定の着物がかかっている。淡い青磁色をぼかした地に、ひまわり、百合、萩に桔梗《ききょう》、撫子といった花々と芭蕉《ばしょう》の葉が描かれた小紋である。花が大胆に描かれているものの、緑を基調としているので清々しく、気に入っている。

「帯はあちらで」と、隣の衣桁にかけられた帯を指さす。白地に燕《つばめ》と大きな渦巻きを配した帯で、夏らしい。

帯揚げは白で、帯締めも生成りに金糸の入ったものにするつもりだ。

「帯留めには彫金の帆船を……」

と言ったところで、孝冬は「ははあ、なるほど」と鈴子の意図するところに気づいたようだった。

「帯の渦巻きを、鳴門《なると》の渦潮《うずしお》に見立てているんですね」

そのとおりである。帯揚げと帯締めは白波だ。気づいてもらえたことが妙にうれしく、鈴子はほんのりと笑った。

「着物は陸ですね。花の咲く丘から見た渦潮と、白波を立てて遠くを行く船だ。それなら、半衿も花がいいんじゃありませんか」

「どれがいいとお思いになりますか」

「私が選んでいいんですか？」

驚いたように孝冬が言うので、

「あなたのネクタイなどはいつもわたしが選んでいるではございませんか」

と言った。

「そうですが――いえ、そうですね、それじゃあ……」

孝冬は気恥ずかしそうに口ごもり、半衿を見比べてずいぶん長いあいだ迷っていた。まるで仕事上の大きな決断を迫られているかのように、真剣な面差しである。その様子に鈴子の胸中はふわりとあたたかくなるような、奇妙な心地がした。

「――やはり、これがいいと思います」

ようやく選んだのは、藤色の竪絽《たてろ》地に撫子と水玉を刺繍した半衿だった。

「藤色は鈴子さんによく似合いますし、撫子も楚々《そそ》としてぴったりだ。それに水玉が水しぶきのようで、帯とも合うでしょう？」

不思議とそう言われると、これほどちょうどいいものはないように思えた。

「たしかに、そう思います」

鈴子が深くうなずくと、孝冬は安堵した顔を見せた。

「選んでいただくのも、よいものでございますね。あなたがわたしに選ばせるお気持ちがすこしわかったように思います」

「そうですか？」

「一度ひとの目を通すと、よりよく判断できる気がいたしますから」

孝冬は苦笑した。「私があなたに選んでもらっているのは、そういうことではないのですが……」

「では、どのような？」

「単純に、うれしいからですよ。私のためにあなたの時間を使ってくれることが」

そんなおおげさなものではないし、あれこれ選ぶのはわりあい好きだからやっている。

だが、孝冬の言っている意味がわからぬわけでもなかった。

なんとなく、うっすらと、鈴子もさきほど、おなじようなことを思ったからだった。

「私も選んでほしくなってきましたよ」

孝冬は言って、自身の荷物を置いてある隣の間へいそいそと入っていった。「あなたのお着物に合わせるなら、白麻の背広がいいでしょうね――」

鈴子は半衿を片付けつつ、孝冬の洋服を頭のなかであれこれ思い浮かべる。青磁色に白の格子が入った夏用ベストを彼は持ってきていたはずで、白麻のスーツに合わせるとちょうどよい。そのように言って隣の間へ行くと、孝冬は言われたとおりに用意して衣桁にかけていた。鈴子は行李からネクタイを収めた箱をとりだし、何本か手にとる。藍色に銀鼠色、模様の入ったものもある。鈴子は緑青《ろくしょう》色のネクタイを孝冬にさしだした。

「こちらでいかがでございますか」

「いいですね。夏らしい」孝冬は喜んでいる。彼がうれしそうであると、鈴子はほっとする。

鈴子は宝飾品を収めた箱から、ネクタイピンとカフスボタンを選《よ》る。錨《いかり》を象《かたど》った彫金のネクタイピンに、撫子を描いた七宝のカフスボタンだ。錨には海の泡を模した芥子《けし》真珠がひと粒、ついている。

孝冬は鈴子のかたわらに腰をおろし、手もとのネクタイピンとカフスボタンを覗き込んだ。

「錨に撫子……あなたの装いに合いますね。すばらしい」

「七宝より、真珠や水晶のほうがいいようにも思うのですけれど……」

鈴子はべつのカフスボタンを手にとり、悩む。

「いえ、私はこの七宝が好きですよ。撫子があなたの半衿とお揃いだ。——ああ、そうだ。髪飾りはどれになさるんです？」

孝冬は鈴子のおろした髪にちょっと触れる。

「撫子の造花のものにしようかと」

「それならなおのこと、七宝がいいですね」

「そんな決めかたでかまいませんの？」

「もちろん。このうえなく楽しい決めかたじゃありませんか」

孝冬の顔は実際、楽しそうである。それならばなによりだと、鈴子は思う。孝冬は鈴子の髪を戯れに指で梳《す》きながら、「明日が楽しみですね」と微笑した。

湊港は倭文川《しとおり》、三原川、大日川《だいにち》などが合流する大きな河口にある。そうした場所は川から海へ流入する砂が入り江を造り、波が穏やかで船のとめやすい天然の良港となる。そのおかげで古代からひとが盛んに行き来したであろうことは容易に想像できた。いまも港町は活気に溢《あふ》れている。

花祥養育院は、にぎわう港町からはすこし離れた、山裾にあった。響くのは鳥と蟬の声くらいの閑静な場所で、鈴子はその敷地の広大さに驚いた。瓦葺きの家屋が何棟もあり、それらに囲まれて広い庭があって、そこで子供たちが鬼ごっこなどの遊びに興じていた。庭に面した部屋からそれを眺め、鈴子は子供の笑い声を聞くともなしに聞いていた。

「山がすぐそばですから、子供たちは夏は蟬の抜け殻、秋はどんぐりを集めてきて、院長室の窓のところに並べるんですよ」

養育院の院長はそう言って朗らかに笑う。六十過ぎくらいの、恰幅《かっぷく》のいい紳士だった。口もとに髭をたくわえ、笑うと瞳が見えなくなって、恵比寿様のようである。

「ここにいるのは赤ん坊からだいたい十五歳の子までで、乳母《うば》もいれば勉強や裁縫《さいほう》を教える先生もいます」

現在、子供は三十名ほどいるそうだ。大所帯である。

「なに、そうたいした数じゃありません。岡山の孤児院などは、もっとすごいですよ」

「ここが順調に運営されているのは、院長の手腕のおかげですよ。最近は篤志家からの寄付も増えているとか。ご人徳ですね」

ソファに座る孝冬が愛想よく言う。

「いえいえ、そんな……。家内やここに勤めている者たちに助けられてのことです」

この養育院の実務を取り仕切っているのが院長の夫人で、院長はおもに対外的な交渉などを担っているそうだ。

「慎一郎《しんいちろう》もわかも、元気そうでよかった」

鈴子たちがここを訪れた当初から何度も口にしている言葉を、院長はまたくり返した。

「いや、まったく、元気なのがいちばんですからね」と院長は言い、自分の言葉にうんうんとうなずいている。

今日は、慎一郎――由良とわかを伴《ともな》っていた。ふたりは庭で子供の相手をしている。させられている、と言ったほうがいいかもしれないが。由良が子供たちにいいようにふりまわされている様子が窓から見えた。わかは隅っこに置かれた縁台に腰かけ、女の子にお手玉を教えている。

「お行儀のいい子たちばかりですね」

子供たちを眺めて鈴子が言うと、院長はやや困惑気味に、「はあ、そうですかな。行儀作法には、実のところいちばん手を焼いておりまして……」と言った。鈴子の言葉が素直に褒めたものか、皮肉であるのか、わかりかねたのかもしれない。そう思い至って、鈴子は言葉を付け足した。

「貧民窟の子供に比べれば……」

日々生き抜くだけでせいいっぱいの貧民窟の子供たちは、大人の子分となり、そのまた下でさらに幼い子たちが手下となり、善悪の区別もつかぬころから盗みに詐欺、暴力とあらゆる悪事に首までつかるのである。

院長はますます困惑した様子だったが、

「ああ、慈善活動でご覧になったのですね」

とひとり納得していた。訂正して事情を話すのもややこしいので、そういうことにしておいた。

「ご理解のある奥様で、ありがたいことです。やはりこういった活動にご理解のないことには、なかなかご賛同いただけぬものですから」

ふと、院長が表情を翳らせた。

「花菱の家のほうから、なにか言ってきますか」

察した孝冬が水を向けると、

「はあ、その……ご隠居も吉継さんもよくしてくださいますが、その――」

「喜佐さんですか。苦情でも？」

「はあ。こちらにかかる出費をもっと抑えられないのか、贅沢をしているんじゃないのか、とおっしゃるもので――」

孝冬はため息をついた。「困ったものですね」

「いいえ、うちも家内が強いですから、帳簿を見せて『奥様ほどの贅沢はしておりません』と追い返しました」

「それは頼もしい」孝冬は笑い飛ばしたが、すぐに思案顔になる。「しかし、さきが思いやられますね。いまは大叔父があの家の実権を握ってますから、難しいことにはなりませんが……」

吉衛が亡くなり、吉継の代となったら、どうなるかわからない。

「そのときは、そのときで考えましょう」院長はほほえんだ。「さいわい、ご隠居はまだまだお元気ですからね」

「まあ、あと十年は元気そうですからね、あの大叔父は」と孝冬も笑った。「もしのっぴきならない事態が出来《しゅったい》したら、私のほうに連絡をくださってもけっこうですよ」

ありがとうございます、と院長は頭をさげる。

「心強いことです。あなたのお父上も、兄君も、子供たちを気にかけてくださって、よくこちらに足を運んでくださいました」

院長はなつかしげに庭のほうに目を向けた。

「そうですか」

孝冬の表情に翳がさしたのを、庭を見ている院長は気づいていない。

「お父上は、いつも奥様と一緒におみえになって……おやさしい奥様で、子供たちもよくなついておりましたよ。ええ、ほんとうに……」

当時を思い出してか、院長は庭を眺めたまま、涙ぐんでいた。

院長へのあいさつを終えて、鈴子と孝冬は庭に出た。わかが駆けよってくる。由良は群がる男児をひきはがして、なんとかやってきた。息があがっている。うしろからわらわらと男児が追いかけてきた。

「たいそうな人気だこと」鈴子が思わずつぶやくと、わかが笑い声をあげ、孝冬も噴き出していた。

「慎ちゃ……由良さんは、昔からよく下の子になつかれてたんですよ」

由良はくたびれた顔で黙っている。

「島を離れてからも、旦那様のお兄様のお供でよくここに来ていて――」

「わか」由良が強くたたきつけるような声を発した。「よけいなことを言うな」

わかはきょとんとしている。「よけいなことって？」

由良は舌打ちして顔を背けると、洋服についた土埃を払った。

「兄は年下の面倒を見るのが上手でしたよ」孝冬は鈴子に笑顔を向けた。「私で慣れていたのかな」

鈴子には、その笑顔がどこか痛々しいものに思えた。

「お兄様は、子供がお好きでいらしたの？」

「さあ……。嫌いな様子はありませんでしたね。だからここを訪れていたのでしょうが」

孝冬が首をかしげたとき、

「なにもご存じないのですね」

冷ややかな声とともに由良が皮肉な笑みを浮かべた。

沈黙が落ちる。わかでさえ、ぎょっとした顔で由良を見て、言葉が出ない様子だった。

「――どういうこと？」

鈴子は抑えた声で問いただした。思いのほか、これまで由良に向けたことのないような、鋭い声音になった。

由良は顔をこわばらせ、下を向いた。

「先代の男爵は、理由があってここを訪れていたということね。その理由をあなたは知っている。だったら、それをおっしゃい」

「いえ……」

「由良」

厳しく問いつめようとする鈴子の腕を、孝冬が引いた。「鈴子さん」

ふり向くと、孝冬は首をふる。

「もういいですから」

「そういうわけにはまいりません」

「子供たちが怖がってますよ」

鈴子は由良の背後にいる子供たちのほうを見やる。彼らは不安そうな顔で鈴子を見あげていた。鈴子はたじろぎ、口を閉じる。もともと表情に乏しく、愛嬌もなく、子供を安心させるすべなど持っていない。

「いまのは、由良さんがいけませんよ」

口を挟んだのは、わかだった。

「旦那様に対して、あんな態度はありません。失礼です。首になってもおかしくありませんよ」

わかは由良をにらみつけ、腹を立てたように言いつのった。由良は気まずそうに視線をそらす。

「まあまあ」と、とうの孝冬がわかをなだめている。「由良の主人は、いまでも兄さんなんだよ。俺はべつにそれでかまわないと思っているから」

由良が驚いたように孝冬を見た。孝冬が視線を向けると、はっと顔を背けたが、鈴子のほうからはその表情がよく見えた。由良の顔にはばつの悪さと、羞恥《しゅうち》と、苛立《いらだ》ちが混じったような、複雑な色が浮かんでいた。彼はくるりと背を向け、庭の隅のほうへと走っていってしまった。

「ちょっと、由良さん――」わかが呼びとめようとするのを孝冬が制止する。

「ひとりにしておこう。由良にとっては、きっと兄との思い出が多い場所なんだと思うよ、この島は。――そのあいだに、百日紅の木を見に行こうじゃないか。ねえ、鈴子さん」

鈴子は、ふう、と息を吐いて、帯のあたりを押さえた。由良は庭の隅にある縁台に腰をおろし、うなだれている。それをちらと見やり、孝冬の顔をたしかめ、鈴子はうなずいた。

「……あなたがそうおっしゃるなら、そういたしましょう」

「いつもなら私が言うようなことを、あなたの口から聞けるとは」

鈴子はまたひとつ、息を吐いた。

川向こうに、松林が見えてくる。松帆の松原は昔からの景勝地だそうだ。わかが道案内に立ってさきを歩いているが、松原のほうからは逸れた道へと進んでゆく。

「あの日、海岸のほうに行くつもりだったんですけど、百日紅の花がきれいに咲いているのがちらと見えたもので、ああそういえばあそこに大きな百日紅があるんだった、と思い出して――」

寄り道したのだそうだ。指さすさきを見れば、なるほど家々の屋根の奥に赤紫の花が覗いている。

「あのう……旦那様」

歩きながら、わかはふり返って孝冬のほうをうかがった。「由良さんのことなんですけど」

「うん？」

「ほんとうは、旦那様のことも、ちゃんと旦那様としてお仕えしていると思うんです」

わかは、言葉をさがしてか、とつとつと話す。

「そうでなかったら、あたしが花菱様のお屋敷で働くことに、いい顔しなかったと思うからです。働き口を田鶴《たづ》さんに相談してくれたのは由良さんですし……」

田鶴は花菱男爵家の女中頭である。

「由良さんは、信用できない主人だったらそんなことは絶対しなかったと思います。たしかに、さきに仕えていたのは旦那様のお兄様のほうで……あの御方をずいぶん慕っていたのは知っていますけれど……それで複雑な思いはあるのかもしれませんけれど、でも、なんというか、旦那様を嫌ってはいないと思います」

わかは一生懸命に言いつのる。

孝冬は苦笑まじりの笑みを浮かべた。

「由良が真面目な働き者なのはわかっているよ。大丈夫、首にしたりはしないから」

由良を庇《かば》っての発言だと、孝冬は思っているのだ。わかは、しゅんとうなだれた。「そうではなくて……」

「孝冬さん」

鈴子は口を挟んだ。

「なんでしょう？」

「わかは由良の幼なじみですから、由良のことはよくわかっているでしょう。わかの言うことは、素直に受けとればよろしいのではございませんか」

「はあ……」

孝冬は、よくわからない、という顔をする。このひとは、己のことをどこか価値のない人間だと思っているふしがあるので、鈴子は言葉に困るときがある。

「……よろしゅうございます。わたしがあとで由良と話してみましょう」

由良が言った、『なにもご存じないのですね』という言葉の真意も気にかかる。

「なにもあなたがそんなことをせずとも」

「家のなかのこと、使用人のことに気を配るのは妻の務めでございます。――なにより、あなたを案じております」

「え？」

「あなたにつつがなく、健やかに日々を過ごしてほしいと思っておりますので、そのためにわたしはわたしの好きなように行動いたします」

孝冬は驚いた顔をしているが、鈴子は妻としてなにもおかしなことは言っていない。驚くほうがおかしい。彼を案じる者など誰もいないとでも思っているのだろうか。

「私は、いたってつつがなく元気ですが」

孝冬が的外れなことを言うので、鈴子はかすかに笑った。

「あなたって……最初に思っていたよりずっと、おかしなひとね」

つぶやくように言うと、孝冬は不思議そうな顔をしていた。


「あの木です」

わかは行く手に見える木を指さした。そうとうな樹齢があるだろう、大きな百日紅の木だ。赤紫の花を枝いっぱいに咲かせている。青空に映えて、美しい。

畑や藪の生い茂る空き地のあいまに、ぽつりぽつりと民家があり、団子《だんご》や麦湯、甘酒といった幟を掲げた茶屋も混じっている。道は狭いが行き交うひとはわりあい多く、地元の者らしきひとのほか、巡礼の集団も見かけた。観音か薬師の寺が近くにあるのだろう。東京でもおなじみの氷売りや薬売りといった行商人に、屋台を据えた黍《きび》団子売りもいる。めずらしいのは頭に大きな籠をのせた魚売りの女性だった。籠に結わえた縄を両手で持ち、器用に歩いている。

百日紅の木がある四つ辻に近づくにつれ、行き交うひと波の向こうに、鈴子はその姿を見つけた。ともすればひとに紛れて、気づかぬところであった。

木の下を、赤い顎紐の褄《つま》折れ笠をかぶり、裾を端折《はしょ》った単衣に紫の手甲と脚絆をつけ、頭陀袋《ずだぶくろ》を肩から提げた娘が、行ったり来たりをくり返している。わかの言っていたとおり、右から来たと思うとふっとひとの合間に消え、また左から現れる。延々とそのくり返しだ。手に持った鈴を打ち、歌声のようなものが聞こえる。

鈴子はさらに近づいた。娘の顔は鼻あたりまで笠で陰になって見えないが、その若さはそれだけでじゅうぶんに知れる。鈴子とおなじくらいか、あるいは下かもしれない。陽に灼けたふっくらとした頰にはじけそうな張りがある。鼻は低くのっぺりとしているが、唇が小さく厚い。赤い顎紐が肌にきつく食い込んでいるさまさえ、見てとれた。

ぽってりとしたかわいらしい唇が動き、歌声が響く。言葉は聞きとれるのだが、独特の節回しで、意味まで把握できない。これがご詠歌というものか。

「どこのご詠歌かな」

孝冬がつぶやく。

「どこの……とおっしゃいますと?」

「巡礼で回るさきのお寺には、それぞれ違ったご詠歌があるんですよ。それを唱えてお詣りする。巡礼者たちは巡礼をする前に、ひと月かそれ以上、村でご詠歌のお稽古をするものです」

「そうなのですか」鈴子は耳を澄ます。「……どうも、ずっとおなじご詠歌を歌っているように思いますけれど」

「そうですね。ここからいちばん近い寺は感応寺《かんのう》だけど、そこかな……？　わか、君はこのご詠歌がどの寺のものか、わかるかい？」

わかは、首をふった。「あたしには、そうはっきり聞こえないんです。それに巡礼はしたことありませんから……申し訳ございません」

「いや、いいよ。じゃあ、できるかぎり覚えておいて、あとでわかりそうなひとに訊いてみよう」

さいわい、この道には巡礼者の一行がたびたび通りかかっている。そのうちの誰かに訊けば、わかるだろうと鈴子にも思えた。

「最初は『はなこやま』……かな。『みほとけに』……『こころうれしき』……」

つぶやきつつ、孝冬はさらに百日紅の木のほうへと近づいていった。鈴子もそれにつづく。

うつむき加減に歩く娘の顔が、だんだんと見えてくる。陰にはなっているが、幼さの残る一重の目もと、野暮ったいが愛らしくもある太い眉がわかる。

遠目にはうなだれて歩くように見えたが、こうして間近に見ると、娘の姿には憂《うれ》いもかなしみもないように思えた。晩春の明るい日差しを受けて歩く、朗らかで無防備な若い娘でしかなかった。

――いったい、どうして……。

亡霊となって、こんなところをさまよっているのは、なぜなのだろう。

孝冬が娘と触れそうなほどに近づく。彼はご詠歌を聞きとろうとしている。鈴の音が響く。ふうっと、香の強いにおいがした。

「――あっ」

鈴子がそれと気づいて孝冬の腕に触れようとしたときには、もう遅かった。

淡路の君がいた。

鈴子と孝冬のあいだに彼女は現れて、ほんの一瞬、鈴子のほうをふり返り、にいっと笑ったような気がした。

十二単の袖が翻《ひるがえ》り、美しい波のように揺れる。長い黒髪がつややかに広がる。淡路の君はゆったりと動いたように見えたのに、すでに巡礼の娘に覆い被さっていた。

大きな袖が、広がる髪が、娘を覆い隠してしまう。

鈴の音が消えた。ご詠歌の声も途絶えた。

すう、と淡路の君が身を引くと、そこにはもう娘はいなかった。

淡路の君の姿も薄れ、煙がたなびくように姿は揺らぐ。細い薄煙が孝冬を取り巻き、消えてゆく。

鈴子も孝冬も、その場に棒立ちになっていた。ものの数秒もなかっただろう。われに返ったのは、「奥様――旦那様、大丈夫ですか」と何度もわかに問いかけられてからだった。

「あの、幽霊が――娘さんの幽霊が、いなくなってしまったようなんですが」

困惑した様子のわかは、どうも淡路の君は見えていなかったらしい。

「いなくなったときを見た？」

と尋ねると、

「いいえ、よく……。なんだかいいにおいがしたと思ったら、いなくなってました」

やはり、淡路の君は見ていない。幽霊が見える者なら見えるというわけではないのか。

――だったら、どうしてあのとき、わたしには見えたのかしら。

孝冬にはじめて会ったとき。あのときから、鈴子には淡路の君が見えていた。

それさえ淡路の君が決めるのだろうか。それとも、見えたから淡路の君に選ばれたのだろうか。

「成仏したのだろうね。私たちに姿を見られたことで、気がすんだのかもしれない」

孝冬がわかに言う。もちろん孝冬自身はそんなことを思ってはいない。

「そうですか……それならいいんですけれど」

わかはなんとなくけげんそうではあったものの、実際幽霊は消えてしまったので、いくらか安心したらしい。憂いが晴れた顔をしていた。

「淡路の君好みの亡霊ではないと思ったのですがね……」

ぼそっと、鈴子にだけ聞こえる声で、孝冬は言った。「うっかり、近づき過ぎたようです」

「淡路の君は、どちらかというと、恨み辛みの濃い幽霊がお好みでございましょう？　わたしの目にも、さきほどの娘さんはそういう霊ではないように思えましたから……」

鈴子は孝冬の腕に手を添える。幽霊が食われるところを見るのは、忍びない。成仏もできずに、ただ食われてしまう。鈴子も孝冬も、見たいと思うものではなかった。

孝冬が鈴子の手に己の手を重ねて、軽くたたく。鈴子が顔をあげると、彼は微笑した。

「巡礼者なら、故郷に帰る前に行き倒れたのかもしれませんね。それで強い思いを残したのかもしれません。まだ若い娘さんでしたから」

「……故郷に帰りたかったのかしら」

それで、行ったり来たりしていたのだろうか。死んでしまって、帰り道もわからず、成仏する道もわからず。

「調べてみますか？」

孝冬が問う。「あの娘さんの身元、故郷を」

「故郷を……」

「身元がわかれば、檀那寺にわけを話して、供養してもらいましょう。これもなにかの縁ですから」

なにかの縁。その言葉はとてもしっくりきた。いま、あの娘の生きていた名残をたどれるのは、おそらく鈴子と孝冬だけだろう。

「そういたしましょう」

鈴子はうなずいた。

手始めに、ふたりは娘の唱えていたご詠歌を調べることにした。わかをさきに養育院へ帰して、鈴子と孝冬は近くの茶屋に向かう。巡礼らしい中年女性の一行が休んでいるのが見えたからだ。女性たちは揃いの笠を外し、甘酒を飲みながら談笑している。

ふたりは茶屋に入り、彼女たちのすぐそばの縁台に腰をおろした。「団子でも食べますか」と孝冬が言うので、鈴子はうなずいた。甘酒と団子を注文して、孝冬はさっそくいちばん近くにいる婦人に声をかけた。

「みなさん、巡礼ですか？　この暑いなか、たいへんでしょう」

こういうとき、見目よく物腰やわらかな孝冬は、初対面の相手からも受け入れられやすい。現にいま、彼はふたこと、みこと言葉を交わしただけで、すんなり婦人がたに溶け込んでいる。鈴子は団子を食べながら、口を挟むことなく様子を眺めていた。

「旦那はんら、ご夫婦？　どっから来たん？　あれま、東京！　どうりで垢抜《あかぬ》けとると思たわあ」

「はは、どうも。よかったら、団子を召しあがりますか？　ご馳走しますよ」

「わあ、うれし！」と婦人たちのあいだに歓声があがる。

「ご婦人がただけで巡礼ですか？　先達の案内もなく」

「もう何遍も行って、慣れとるさかい。うるさい姑から離れて息抜きの旅行や」

婦人たちの笑い声がどっと起こる。朗らかである。

「旦那はんらも、巡礼に行ってみたらええわ。夫婦での巡礼もよう見るで」

「いやあ、あれはだいたい、夫婦と違《ちご》て大阪の金持ちと芸者やで。道楽や」

「ほな、こないだのあれはどっちや？　ほら、あれ、巡礼の夫婦が溺れて浜に打ち上げられとったやないの」

「『こないだ』て、あれは二、三年は前やろ。溺れたんと違て、たしか崖から落ちたんや」

「魚に食われてえらい有様やったってなあ。明石の夫婦と違たかな」

団子片手に血腥《ちなまぐさ》い話を平気でしている。そこから自分たちの夫の愚痴になり、姑の文句へと発展した。婦人たちのおしゃべりはとどまるところを知らない。

めいめいが団子を平らげ、満足げな顔になったところで、孝冬は本題を切りだした。

「ところで、私もご詠歌というのをひとつ聞いたことがあるのですが――」

これがどこのご詠歌かわかりますか、と孝冬は例のご詠歌の言葉を口にした。

「『はなこやまはなをそのままみほとけにおもいたむけるこころうれしき』――正確ではないかもしれませんが」

ああ、と婦人たちにはすぐにわかったようだ。

「それやったら、鼻子山観音のご詠歌や」

隣の婦人が頭陀袋から小さな和綴じの帳面を出し、開いて孝冬にさしだす。ご詠歌を記した本のようだった。

『鼻子山花をそのまゝみ佛に思ひたむける心うれしき』

そう書いてあった。

「ああ、鼻子山……なるほど」

ご詠歌の横には、『幡《は》多《た》村観音堂　三原郡幡多村　當國三十三所第十二番』とある。

「昔は二宮《にのみや》にあったけど、一緒にしたらあかん言うて、いまはこの観音堂へ移されとる。住職もおらん、小さな御堂や」

孝冬はまた、「なるほど」と言ってうなずいた。「神社から移したんですね」

淡路島の二宮といえば大和大国魂《やまとおおくにたま》神社である。そこから観音を移したというのは、神仏をわけるためであろう。

——あの娘がこのご詠歌を唱えていたのは、どうしてなのだろう。

いちばん近いのは感応寺という寺だと孝冬は言っていた。そこではないようだ。なにかしらその観音にゆかりがあるのだろうか。

孝冬は礼を言って、本を返した。休憩を終えた婦人たちが立ち去ったあと、「どう思いますか」と孝冬は鈴子に尋ねた。鈴子は甘酒を飲みつつ、首をかしげる。

「そのお寺にゆかりのあるかただったのか……近くに住んでいたとか、そういうことでしょうか」

「幡多村は、いまは榎列村と一緒になっていますが、ここからさほど遠くありません。内陸のほうになります。ゆかり、ということを考えると、もとは二宮にある観音だったというのが、どうも厄介ですね。そちらの近くに住んでいたのかも。まあ、あの神社も榎列村にあるので、そう範囲が広がるわけではありませんが」

そんな話をしていると、

「お客さん」

唐突に背後から声がかかり、鈴子も孝冬もはっとふり返った。うしろにいたのは、茶屋のおかみらしき五十代くらいの女性だった。がっしりとした体つきで、紺絣の単衣に前掛けをつけ、たすきでからげた袖から力強そうな腕が覗いている。

「どうかしましたか、おかみさん」

孝冬が愛想よく笑うと、女性はにこりともせず、

「うちはおかみさんとちゃうで」

と答えた。「菓子売りや。ここの店番する代わりに、うちの菓子を出しとる」

「へえ、そうなんですか。ええと——それで、なんです?」

お代は婦人たちに奢ったぶんまですでに払っている。けげんに思っていると、「さっきの話やけど」と菓子売りは言った。

「さっきの……と言いますと」

「鼻子山観音のご詠歌」

「はあ」

「あんた、なんであんな話をしたんや?」

「なんで、と言われましても」孝冬は鈴子を見る。鈴子は孝冬の代わりに口を開いた。

「鼻子山観音のご詠歌に、なにか格別、気にかかることでもおありでございますか」

菓子売りは口をへの字に曲げた。丁寧すぎる口調が気に障っただろうか、と鈴子はひやりとしたが、「こんなん、言うてええんかわからんのやけどなあ」と彼女は声をひそめて言った。機嫌を損ねたわけではなく、言うべきかどうか迷っただけらしい。

孝冬はちらと鈴子と目を合わせてから、

「あちらの四つ辻にある百日紅の木と関係ありますか」

と尋ねた。そう訊けば、あの娘とかかわりのあることかどうか、わかるだろう。

菓子売りは目をみはった。「なんで、それを――」

当たりだ、と思った。この菓子売りはあの娘のことをなにか知っている。

「巡礼の若い娘さんが、あの木の下を通りませんでしたか」

鈴子は、たたみかけるように訊いた。菓子売りは青い顔をして、こくりとうなずいた。

「なんや、あんたら、あの娘さんの知り合いか？　いや、ちゃうか。あれは十年くらい前のことやし……」

「十年ほど前に、その娘さんとお会いになったのですか？」

「会ったて言うか……倒れとったんや」

菓子売りはそう言って、ふたりの隣の縁台にどっかと座った。ほかに客もいないので、腰を据えてしゃべるつもりになったらしい。

「あの木の下にな。巡礼の行き倒れいうのは、まあ、ときどきはあるわな。ほやさかい、たいへんや、思たけど、そうあわてんと、この茶屋の奥のな、狭いけど畳の座敷があるさかい、そこまで担いできて、寝かせたんや。水飲ませて、粥《かゆ》でも食べさせたら元気になるやろ、て思たんやけど……」

菓子売りは口ごもる。

「どんどん息が細うなって、あ、こらあかん、て思たときには、遅かったわ。息してへんかった。若いのに、かわいそうになあ」

あの木の下で倒れて、そのまま死んでしまったのか。

なるほど、と思うが、それが鼻子山観音とどう関係があるのだろう。

そう思っていると、菓子売りが話をつづけた。

「ほんでな、その娘さんが、ここにつれてくるとき、もう息も絶えだえやのに、ずうっと唱えとったんや。鼻子山観音のご詠歌を」

――そうつながるのか。

鈴子はすこし身を乗りだして、

「その娘さんの身元は、おわかりですか。名前や故郷は」

「いんや、なんもわからん。身元がわかるもんはなんも身につけてへんかった。名前もな

ん も言う前に死んでしもて」

「しかし、巡礼でしょう。なにかしら——」

孝冬が言ったが、菓子売りはかぶりをふった。次いで、わずかに首を傾けた。

「うちもそう思た。ほんで、介抱するあいだはやっぱりどっかあわてとったんやろな。改めて見てみると、巡礼のようで巡礼とは違う格好やった」

「え？」孝冬と鈴子は顔を見合わせる。脳裏に浮かべたのは、娘の幽霊の姿である。さきほどここにいた巡礼の婦人がたと、なんら変わるところのない姿であったはずだが。

「着物はな、巡礼ふうなんや。こう、裾を端折って、手甲脚絆でな、頭陀袋さげて。ほんでも、笠は被っとらんかったし、髷も乱れて、鈴も持っとらんかった。そんなことあるけ？ほやさかい、こりゃ巡礼とは違う、巡礼のふりしたおなごと違うか、て思た」

「巡礼の——ふり？」

そんなことがあるのだろうか。また、そんなことをしてなんの得があるのか。

「巡礼のふりした物乞い、と思われたということですか？」

孝冬が尋ねる。彼女はあいまいに首を左右にかしげた。

「どやろなあ、そこまでは……。そら、巡礼姿やったら、場所によってはただで宿もご飯も世話してもらえるやろうけど、そんなら逆に、格好は完璧にせんとあかんやろ」

「はあ、まあ、たしかに」

　では、いったいなんのために。

　菓子売りは言葉を濁して、それ以上自身の考えを口にはしなかった。

「ほんでも、死んだら仏さんやでな。坊さん呼んで、念仏あげてもろて、無縁仏にはなるけど、埋葬もしてもろた」

「それは、ご立派なことです。徳を積まれましたね」

　菓子売りはまんざらでもない顔で「坊さんにもそう言われたわ」と言った。

「身元は、いまだにわかりませんか」

　鈴子が問うと、彼女は「わからんなあ」と言い、思い出すように四つ辻の百日紅に目を向けた。

「ああいう木は、目印になるよう植えられとるんや。松やら榎《えのき》やらが多いけど。大きなって、目立つさかい。あれも赤紫の花が遠くからでもよう目につくやろ」

　――だからあの娘も、あの木を目指して歩いてきたのだろうか。

「死んだ娘はな、足袋も脚絆も穿かんと、裸足やったで」

　木に目を据えたまま、ぽつりと菓子売りは言った。

「そんなんでどれだけ歩いてきたんか知らん、足は傷だらけやったわ」

かわいそうになあ、という言葉が、しんみりと響いた。

「一度、花祥養育院へ戻りましょうか」

菓子売りに礼を言って茶屋を出たあと、孝冬は言った。「由良たちと合流して、昼ご飯をどこかで食べましょう。それから榎列村のほうへ向かいましょうか」

気づけば陽は真上に近い。じりじりと暑さも増していた。日陰に入ればそれなりに涼しいのだが、日なたに出ると途端に肌を刺すような陽がふりそそぐ。鈴子はパラソルをさしているのでまだいいが、カンカン帽を被っているだけの孝冬はより暑いだろう。孝冬は背広を脱いで小脇に抱えると、通りにいた団扇売りから団扇を二本買って、一本を鈴子にさしだした。団扇には風景画が描かれているが、それが淡路の景色であるのかどうか、鈴子にはわからなかった。

「鈴子さんは、お義姉様がたへのおみやげは、なにになさるおつもりですか？」

お義姉様がた、というのは鈴子の実家、瀧川《たきがわ》家の人々のことだ。

「まだ考えておりません。お姉様たちはたいていのものはお持ちですし、みやげにはいつも悩むところでございます」

「ああ、そうでしょうね。淡路焼の茶碗なんかはいかがです？」

「そうですね……淡路焼はきっとお持ちではないでしょうから、いいかもしれません」

団扇で風を送りつつ、そんな話をしながら歩いた。のどかだ、と思う。時間がゆっくりと過ぎてゆく。東京とこうも違うものだろうか。水と風が違うと、変わるのだろうか。

養育院に着くと、院長が「ちょうどよかった」と言った。

「仕出し弁当を注文して、いましがた届いたところなんですよ。どうぞ召しあがってください」

鈴子と孝冬は用意された一室に招じ入れられる。わかと由良は、と問うと、別室ですでに食事を終えたらしい。院長か夫人かはわからないが、気配りが行き届いている。

漆塗りの弁当箱の蓋を開けると、山海のご馳走が詰まっていた。鯛と鱧の刺身に鱧の天ぷら、焼き穴子、茄子《なす》と獅子唐《ししとう》の揚げ浸し、南瓜《かぼちゃ》の煮物……山の幸にも海の幸にも恵まれているとは、なんとすばらしいことか。

満足して食事を終えると、孝冬がほほえみながら、「前に私が言ったことは、嘘じゃなかったでしょう？」と言う。「淡路島は海の幸、山の幸のどちらも豊富で、おいしいものがたくさんあって、きっとあなたのお気に召すと」

そういえば以前、そんなことを言っていた。

鈴子はうなずいた。「おっしゃるとおりでございました」

「お気に召しましたか」

「ええ、とても」

とても、に自然と力がこもり、孝冬は朗らかな笑い声をあげた。

腹ごなしに庭でも歩こうと、鈴子と孝冬が外に出ると、視線を感じた。向かいにある棟の窓から、誰かがこちらを見ている。ふたりいた。絣の単衣を着た、二十歳《はたち》くらいの娘と、十五、六に見える少女だ。ふたりとも細かな顔の造作まではわからないが、その双眸で物言いたげにじっと見ているのだけはわかった。少女のほうはともかく、娘のほうは、あの年頃ならここの児童ではなく働き手のほうだろう。先生か乳母か、もしくは女中か。年齢から言ったら女中が妥当であろう。

「――ご存じのかたたち？」

鈴子が孝冬に尋ねると、「いいえ、どちらも見覚えがないですね」と答えが返ってくる。なにか用事があるのだろうかと、そちらに足を向けようとした途端、彼女たちはふいと顔を背けて、立ち去っていった。

――なんだったのだろう。

いぶかしむ間もなく、横合いから声がかかった。

「旦那様、奥様」

わかである。彼女はうしろに由良を伴っていた。由良は気まずげに顔を伏せている。わかは由良の腕を引っ張り、前に押し出した。

「……さきほどは――」

しぶしぶといった態で由良は口を開く。わかに謝るように言われたのだろう。鈴子は「由良」と彼の言を遮った。

「話があるのだけれど、いいかしら」

由良はぽかんとして目をしばたたく。

「は……はい。なんでしょうか」

鈴子は周囲を見まわすと、隅にある縁台に目をとめる。そちらに歩きだそうとすると、手を孝冬につかまれた。

「鈴子さん、由良とふたりきりでお話を？」

「そう申しあげたじゃありませんか」

「由良と話をするとはおっしゃいましたが、ふたりきりとは――」

「では近くにいらして。ただし口は挟まずに」

それなら、まあ……と孝冬は承諾して、鈴子のあとについてくる。わかが戸惑っていたので、「わかもついてきたらいいわ」と言っておいた。結局、四人がぞろぞろと縁台まで歩いていった。鈴子と由良が縁台に腰をおろし、孝冬が鈴子のかたわらに、わかが由良の近くに立った。

「まず最初に、孝冬さんのお兄様……実秋さんがここを頻繁に訪れていた理由はなに？」

単刀直入に訊くと、由良は口ごもる。

「ほんとうは教えたかったから、さきほどのような態度をとったのではないの？　訊かれもしないのに、実秋さんに関することをしゃべるわけにはいかないものね」

主人というだけでなく、実秋自身を慕っていたのなら、なおのことだ。

由良は両手を組み合わせ、迷うように指を動かしている。

「……旦那様は――いえ、実秋様は、ここで働いていた女中に会いにいらしてたのです」

口を開くと、由良は思い切ったようにひと息に言った。

「女中に？　それでは――」

鈴子は少々驚いて、適切な言葉をさがすも、「恋仲だったということ？」と率直に口にしていた。

「はあ、そういうことです」由良はぼそぼそと決まり悪そうに答える。実秋の秘密を暴露してしまうことが、やはりうしろめたいらしい。

「そんなのは初耳だ。兄さんからそんな話、聞いたことがない」

　孝冬が言ったが、「口を挟まぬ約束でございましょう」と鈴子がちょっとにらむと、「すみません」とうちしおれて黙った。

　鈴子はふたたび由良に向き直り、

「女中ということは、平民でしょう」

　と確認する。由良はうなずいた。

「ここの出身ではありませんが、身寄りのないひとでした。歳は実秋様とおなじくらいで。ただ不思議と教養のあるかたで、単なる孤児の育ちにも思えませんでしたが……」

　没落した名家の出なのかもしれない。それよりも鈴子は由良の言いかたが気にかかった。

「ここにはもういないような口ぶりだけれど」

「いません。いなくなりました」

「実秋様が亡くなられて……？」

「いえ」由良は首をふる。「その前です。亡くなられるすこし前に突然。女中は皆住み込みですが、彼女の荷物はすべてなくなっていて、辞める旨を記した書き置きだけ残されていたそうです。院長たちにもなんの説明もなかったそうで、急に辞められて困っておいででした」

「実秋様も、落ち込まれたでしょうね」

もちろん、と言いたげに由良はこっくりとうなずいた。

もしかしたら、それが自死の原因だったのでは――と、鈴子はちらりと思う。

「どうして急に、いなくなったのかしら。理由に心当たりはあって？」

由良はあいまいに首をかしげる。「実秋様は彼女と結婚したがっておられて……ですが、彼女は身分違いだからと固辞《こじ》していたようです」

花菱家当主との結婚なら、身分違い以前に淡路の君に選ばれねばならない。そのあたりはどうだったのだろうと思うが、由良に訊いてわかることではない。

「姿を消すことで身を引いた、ということかしら」

「おそらくは」

「そのかたのお名前は？」

「『らく』――『薗部《そのべ》らく』といいました。おらくさん、とまわりからは呼ばれてました」

鈴子はわかに目を向ける。

「あなたはそのかたを知ってる？」

わかは小首をかしげた。

「たしか、あたしが奉公で島を出る半年くらい前に勤めはじめた女中さんかと……ですので、顔やひととなりをなんとなく覚えているくらいです。どことなくさびしそうと言いますか、幸薄そうな雰囲気のひとでした。やさしいひとでしたけど」

合ってる？　とわかは由良に訊く。由良は軽くうなずいた。「ことさら目を引くような器量よしというのではないのですが、放っておけなくさせるようなひとでした」

「わかが奉公に出たのはいくつの歳？」

「十三の歳の春です」

六年前の春だ。らくがここに勤めはじめたのは、そのおよそ半年前。実秋が死んだのは六年前の秋。

「ずいぶん短いあいだに、深い仲になったものね」

知り合って一年足らずで結婚話が出ている。それだけ夢中になったということか。あるいは――。

「もしや、こちらに勤める前からの仲だったということはない？」

由良は、驚いた様子で目をみはった。

「まさか――いえ、どうでしょう。ないとは言い切れませんが」

戸惑ったように首をかしげる。「それが重要ですか？」

「いいえ、すこし不思議に思っただけよ。いずれにせよ、実秋様はその女中と恋仲になって、結婚を考えるほどだったのね。それがわかって、よかったわ」

孝冬を見あげると、彼は複雑な顔をしていた。

「あなたからなにか、お尋ねになりたいことはございますか」

尋ねると、孝冬は視線を落とした。己の足もとを見つめている。

「兄さんは……どんな様子だったのかな。そのおらくさんと一緒にいるとき」

由良はしばし黙って孝冬を眺め、

「楽しそうにしてらっしゃいました。はじめて見るようなお顔をしておいでで」

ぽつりとそう言った。

「そうか」孝冬はすこし笑った。「私も見てみたかったな。そんな兄さんの顔」

由良は自分の手を見つめ、黙り込んだ。


榎列村のほうへ行く、と聞いた院長がそれならとそのあたりを詳細に記した地図を出してきて、「どうぞお使いください」と言うので、鈴子と孝冬はありがたく借りてゆくことにした。養育院の門を出たところでふり返ると、一棟の建物の陰からこちらを覗く者がいることに気づいた。さきほども見た、十五、六と二十歳くらいの娘ふたりだ。ふたりは寄り添い、不安げな顔でこちらを見ている。

「——あれはどなたか、わかる？」

わかに尋ねると、

「ああ、お菊《きく》ちゃんと、ミエさんです。ふたりともここの子です。ミエさんは一度外へ奉公にあがったんですけど、戻ってきてここで女中をやってるそうです。お菊ちゃんは頭がいいから、寄付で女学校へ通わせてもらってるんです」

言って、首をかしげる。「なにか用事でもあるのかしら。行って、訊いてきましょうか」

そう言ったのを察したように、ふたりはきびすを返し、建物の裏手へと戻っていってしまった。

「……またこちらへはうかがう予定だから、なにかあればそのとき訊きましょう」

子細ありげな様子が気にかかったが、ひとまずいまは榎列村へ向かうことにする。

「巡礼に行った娘さんで、行方知れずになったひとがいないか、村のひとに訊いてほしい」

村に着くと、孝冬は由良とわかにそう告げ、ふた手に分かれて聞き込むことにした。鈴子は孝冬とともにまず地図を確認する。ふたりはあの娘の檀那寺をさがすつもりだった。

「観音堂は住職のいる寺ではないようですから、このあたりのほかの寺をまわってみましょうか。あの娘さんが檀家だった寺が見つかるといいのですが」

観音堂と大和大国魂神社周辺の寺からあたってゆくことにする。暑いさなか、地道に調べてまわるというのは骨が折れたが、風が心地よく、見慣れた東京の町とは違う、海の見える景色も目に楽しい。たまにはこうしたこともいいと思える。

「鈴子さん、お疲れではありませんか。休憩しましょうか」

孝冬はたびたびそう訊いてくる。そう疲れてはいなかったが、ときおり木陰に入って休んだ。周囲には稲田が広がっており、風が吹いて稲が波のようにそよぐのが美しい。路傍に立つ地蔵のそばにある大木の下にふたりは憩い、それを眺めた。

「よい眺めでございますね」

鈴子は目を細める。見ているだけで晴れ晴れとした気持ちになる眺めだった。

孝冬も穏やかな顔で景色を眺めている。こういう時間を過ごすのはいいものだと、鈴子は思った。

「淡路島に来て、こんな気持ちでいられるとは思ってませんでしたよ」

孝冬が笑みを浮かべて言った。「とてもいい気分です」

「それはよろしゅうございました」

鈴子が言うと、孝冬は快活な笑い声をあげた。

「あなたのおかげですよ」

鈴子は孝冬を見あげる。孝冬は情の深いまなざしを鈴子にそそいでいる。鈴子はくすぐったいような心地がして、目をそらした。稲穂が風に揺れるように、胸のうちがさわさわとそよいで、落ち着かない。

「そのようにじっと見られては、困ります」

「おいやですか」

「いやではございませんけれど……」

孝冬とは、よくこんな会話を交わす気がする。孝冬のすることは、鈴子にとって、いやではない。見られても、触れられても、けっしていやではなかった。

「落ち着きません」

そう言うと、孝冬はふっと笑った。

「あなたが『いやではない』とおっしゃることに、慣れてきている自分がいます。それがすこし怖い」

「怖い？　どうして……」

孝冬は答えず、微笑を浮かべたまま鈴子のほうに手を伸ばした。風でほつれて頰にかかった髪を、やさしい手つきで払いのけ、撫でつける。

「私は欲が深くなりました」

罪を告白するように孝冬は言う。鈴子はすこし首をかしげた。

「出家なさるわけではないのですから、それでよろしいのではございませんか」

孝冬は噴き出して、「それもそうですね」と言った。

淡路島には寺社が多いというだけあって、榎列村一帯にも寺はいくつもあった。すべて真言宗だ。二、三の寺をまわっていずれも不首尾に終わったあと、鈴子と孝冬は小高い丘の麓にある、小さな寺に向かった。地図によれば、あたりの字名《あざ》を楚野《その》というらしい。茅葺きの農家が固まって建つ集落の奥に、寺が見えている。住職が常駐しているのか危ぶまれるようなこぢんまりとした寺だったが、訪ねてみると本堂のかたわらに住居があり、老僧が出てきて安堵した。孝冬が名を名乗り、手短に用件を述べる。

「巡礼中に行方知れずになった娘――」

そうくり返すと、老僧はぽかんと口を開いて、何事かうめくようにつぶやいた。白い眉毛が垂れ下がっていて、目はよく見えない。口髭も顎鬚も真っ白だった。

老僧は鈴子と孝冬を本堂へと案内した。堂内には畳が敷かれている。正面に大日如来像が祀られていた。

「たしかに、檀家のなかにそういう娘さんがひとり、おったのう」

真っ白な口髭を動かして、老僧は言った。

「若い娘たちは、集団で巡礼に出る。娘たちだけやのうて、爺か婆の先達も一緒や。ほんでも、その娘さんは途中でふっつり、姿が見えんようになってしもた。そら皆、たまげてのう。身持ちの悪い娘でもないさかい、知らん間に道に迷うたか、崖から落ちたか、倒れたか……皆でさがしたし、警察にもさがしてくれと頼んだもんやが、若い娘がふらっとおらんようになるんはようある言うて、とりあってくれんでのう。まわりが気づかん間に男ができとったんやろう言うて——」

老僧は悔しげに首をふった。

「あの娘さんは、ひとりで家出する娘やない。父ひとり子ひとりの家での。母親が早うに亡うなって、父親が男手ひとりで育てた、やさしい、ええ娘さんやった」

「そのお父上は、いまどうなさっておいでですか」

孝冬が訊くと、老僧はまた首をふった。

「もう亡くなった」

簡潔な返答だった。鈴子と孝冬は顔を見合わせる。

「あの……」鈴子はどう話していいものやら迷ったが、口を開いた。「鼻子山観音のご詠歌は、その娘さんとなにかご関係がございますか」

「鼻子山観音？」

老僧は眉をあげる。小さな目が覗いた。

「そりゃあ、父親があの娘さんの小さいころ、よう歌って聞かせとったご詠歌や。娘さんの名前がな、はな、いうさかい。あの観音様はおまえを守ってくれる仏様や、言うてのう」

ああ、そういうことか、と思う。父親が歌って聞かせていたご詠歌。鈴子の胸がつんと痛んだ。

「……松帆の松原の近くにある百日紅の木の下で、巡礼姿の娘さんがひとり、行き倒れていたことがありまして」

孝冬が説明する。

「茶屋のおばさんが介抱しましたが、そのまま亡くなったそうです。身元がわからぬまま、無縁仏として埋葬されています。その娘さんは鼻子山観音のご詠歌を口ずさんで亡くなったそうで……もしかすると、こちらの檀家の娘さんかもしれません」

「なんと」

老僧の眉があがり、見開いた目が露わになる。

「ただ、ちゃんとした巡礼の格好ではなく、足もとも裸足であったそうで……そのあたりの事情はよくわかりませんが。顔かたちの特徴など、照らし合わせれば本人とわかるやもしれません」

老僧は深くうなずいた。

「村のもんに行ってもろて、ほんで、うちで供養させてもらうわ。本人でも、本人でのうても。これもなにかの縁やさかい。……ほんでも、本人やろうと思うわ。坊主の勘や」

戻ってきとったんやのう、と老僧は懐手をしてつぶやいた。

「松帆まで来とったんやったら、あともうすこしで、家まで帰れたやろうにのう……」

なんとなくその口ぶりは、はなが行方知れずとなった理由をわかっているかのように聞こえる。ただ老僧の佇まいからは、問い質《ただ》すのは憚られるようなものもまた感じられた。

鈴子は孝冬と目を見交わして、辞去することにした。

はなのための供養代を老僧に渡して、鈴子と孝冬は寺をあとにする。稲田の広がる道まで来たところで、わかと由良に出くわした。

「あの娘さんの家が見つかりましたよ」

鈴子が口を開く前に、わかが勢い込んで言った。

「もう誰も住んでいない家ですけど、残ってました。村のひとの話からして、あの娘さんだと思います」

父ひとり子ひとりで——と、老僧から聞いたのとおなじような話が出る。鈴子と孝冬はわかと由良に案内されるまま、その家に向かった。せっかく調べてきてくれたのだから、供養を頼んできたのでもういいのだ、とも言えまい。

「あの家です」

わかが指をさすさきを見て、鈴子は眉をひそめた。小さなあばら家が一軒、建っている。かろうじて建っている、というふうで、朽《く》ちかけている。屋根に葺いた茅は黒黴《くろかび》がひどく、草が生え、蔓《つる》が垂れ下がって壁をも覆っている。壁からは土が剝がれ落ち、板戸は外れて、倒れていた。

「朽ちるに任せとるんよ」

ふいに背後で声がして、全員がびくりとふり返った。手拭いを姉さん被りにした老婆が、曲がった腰に手を置いて、あばら家を見あげていた。

「それがええ、て和尚さんも言うとるさかい」

わかが、「このお家を教えてくれたおばあさんです」と言った。

「どうして、朽ちるに任せるのがいいのですか」

鈴子が尋ねるも、老婆は聞こえなかったかのように視線をあばら家から外さず、勝手に言葉をつづけた。

「与兵衛《よへえ》はんも気の毒にのう。大事に育てたひとり娘が、あないなことになって」

与兵衛、というのがはなの父親であるらしい。

「気の毒や。ほんまにのう」

ぶつぶつと老婆はくり返す。その声に、鈴子はふと、被さる声を聞いた。

声は、背後のあばら家から聞こえてくる。

ひんやりとした風がひと筋、うなじを撫でた。

――オン……ウン……ソワカ

低い男の声だ。鈴子はふり返ることができない。

「与兵衛はんは、行者やった。狐憑《きつねつ》きなんか、よう祓ういうて評判でのう。そこらじゅうの村からお祓いの頼みがあったもんや。おはなが巡礼の最中におらんようになって、与兵衛はんはずうっとさがしとったんやで。ずうっとな。気の毒に」

老婆がため息をつくのに合わせて、背後の声が大きさを増した。孝冬が鈴子の肩を引き寄せ、なだめるように撫でる。そのぬくもりが、背後から漂ってくる冷気を和《やわ》らげた。

――オン……リカ……ウン・ソワカ

「あるときな、阿波《あわ》からの行商人が教えてくれた。最近、巡礼の若い娘をだまくらかして、女郎屋に売り飛ばすもんがおるて。夫婦者の巡礼のふりしてのう、死んだ子供の供養のために巡礼しとる、言うて同情を引くんやと。ほんで、足が痛いの腹が痛いの言うて、こっそりひと気のないとこつれていって、気絶させて船に乗せる。船に乗せられてしもたら、もうおしまいや。洲本あたりの遊廓やったらまだええけど、明石やら広島やら遠くにつれていかれたら、帰ってこれん」

――オン・キリ・カク・ウン・ソワカ

男の声に合わせて、あばら家がみしみしと揺れている。肌が粟立《あわだ》つ。

「与兵衛はん、その夫婦者の巡礼を見つけよった。楚野いう田舎の娘をひとり、安値で女《ぜ》衒《げん》に売り払ったいうのも聞き出した。いんや、そやつらはのう、得意げにしゃべりよったて言うとった。手塩にかけて育てたひとり娘やで。それをあんた、拐《かどわ》かして、女郎に……。与兵衛はんがたまらずつかみかかったら、返り討ちや。相手は堅気と違うんや、ケンカで敵うわけがあらへん。与兵衛はん、半殺しの目に遭うて、這うようにして帰ってきてのう、悔しいて泣いとったわ。絶対に許さへん、呪い殺したる言うて――」

男の呪言《じゅごん》と吠えるような叫び声がこだまする。目の前の老婆はなんの反応も示さない。聞こえていないのだ。生きた男の声ではない。由良も、わかもおなじだった。鈴子と孝冬だけが聞いている。男の――与兵衛の胸が張り裂けそうなかなしい呪詛の雄叫びを。

「おはなが攫《さら》われたとき、付き添いの案内役になっとったんは、うちなんや。うちが悪かった。もっとちゃんと目ェ光らせとったら、攫われたりせんかった」

老婆はうなだれ、その場に膝をつく。わかが駆けより、老婆の背中を撫でる。鈴子はあばら家をふり返った。男の呪言はつづいている。

——オン・キリ・カク・ウン・ソワカ
家が揺れている。

「これは、吒天《だてん》の陀羅尼《だらに》真言……」

孝冬がうめくようにつぶやいた。

「なんとおっしゃいました？」

「吒天……吒枳尼天《だきにてん》の呪法です。行者が行う」

しかし、と孝冬は口もとを手で押さえた。「必ず成就するとされる代わり、行者はすさまじい対価を払います。まさか……」

「与兵衛はんはこの家でひと晩中、祈っとった。呪っておった。体を傷つけて血ィ流しながら」

老婆はいまや頭を抱え、ぶるぶると震えている。

「しまいに与兵衛はんは、目を……目を自分でえぐり出して……」

うう、と老婆は顔を覆う。

「ほんで、死んでしもた。家のなかはもう、血まみれで。骸《むくろ》は埋葬したけど、家のほうはどもならん。皆、取り壊すのもいやがって、そのままや。和尚さんも、下手に手ェつけんほうがええて言うさかいにな。雨風のひどいときなんか、あの晩の与兵衛はんの声が聞こえてくるみたいで、皆震えとる」

ほんでも——と、老婆は顔をあげた。

「その甲斐あって、あの悪い夫婦者は死んだで。崖から海へ落ちて死んだそうや。体は魚に食われて、そりゃあ無残なもんやったらしい。与兵衛はんの祈禱が効いたんや」

与兵衛の咆哮《ほうこう》がこだまする。鈴子は、茶屋での婦人たちの話を思い出していた。二、三年前、巡礼の夫婦が海岸に打ちあげられたと。遺体は魚に食われて。

「あの娘は、遊廓から逃げてきたのでしょうね」

孝冬がささやく。「どこからかはわかりませんが、裸足で、売られたとき着ていた巡礼の着物を着て、命からがらあそこまで逃げてきた……」

そして力尽きた。

与兵衛は娘の死をも、わかっていたのだろうか。だからその身を捨てて呪ったのか。

鈴子はあばら家に歩みより、なかへと足を踏み入れる。むっと血のにおいがしたように思ったのは、気のせいか。外から葛《くず》や朝顔の蔓が入り込み、壁や床を浸食している。土間にも板間にも獣の足跡があった。おそらく狸《たぬき》のたぐいが棲み着いているのだろう。板間の壁に、床に広がる黒ずんだ黴のような染みは、血の跡か。その中心に、こちらに背を向け、男が座っていた。

――オン・キリ・カク・ウン・ソワカ

男がそう唱えるたびに、鈴子の肌がひりひりとする。産毛が帯電しているような痛みを覚える。男の前では炎が燃えている。男は片手に匕首《あいくち》を握っていた。呪言を唱え、匕首をふりかざし、腕を、足を、切り刻んでいる。痛みなどまるで感じていない様子で、迷いなく刃を走らせ、皮膚を裂き、血を滴らせている。その血を炎にふりかけると、なおいっそう、炎は激しく燃え上がった。

男の全身からほとばしっているのは、忿怒《ふんぬ》と悲哀であった。血しぶきは彼の慟哭《どうこく》の代わりのようだった。

――誰か、終わらせて。

鈴子は祈るほかなかった。与兵衛に言葉など届くまい。この地獄絵図を、どうしたら終わらせることができるのだろう。

――ご詠歌は……。

鼻子山観音のご詠歌だ。鈴子は覚えているかぎり、あのご詠歌を口ずさんだ。

だが、与兵衛は動きをとめもせず、こちらをふり向きもしない。鈴子ではだめなのだ。彼を救えるとしたら、娘のはなだけだろう。

ふうっと、清冽な香りが漂ってきた。血のにおいにかき消されぬ、強く清々しく、包み込むような香り。

淡路の君のにおい。

鈴子は目の前が暗くなる思いがした。孝冬に抱きとめられて、めまいを起こしていたことを知る。孝冬の手が鈴子の手を握りしめ、鈴子はその手を握り返した。

淡路の君のうしろ姿がそこにある。風に吹かれているかのように大きな袖がふくらみ、翻り、長くつやのある髪が揺れる。むせかえるほどの香のにおいが立ち込める。

淡路の君が腕を広げると、呪言がやんだ。彼女は与兵衛に覆い被さった。うしろから抱きしめたかのようだった。

すう、と風が通る。

気づいたときには、淡路の君の姿も、与兵衛の姿も、跡形もなく消えていた。ただほのかに、彼女の香りが残っている。

戸口から、窓から、陽の光が差し込み、蔓に覆われた室内を薄明るく照らしていた。

　榎列村から花菱家への帰途では、鈴子も孝冬も言葉すくなで、ただ寄り添って歩いた。すこしうしろにわかと由良が付き従っている。彼らもほとんど会話をしていない。わかが口を閉じているのはめずらしいことだった。老婆から聞いた話がそうとうに衝撃だったのだろう。高台にある花菱家に向かって、坂道がつづく。眼下に町並みと輝く海原が見えていた。

「……あたし、怖くなったよ。慎ちゃん」

　わかがぽつりと口を開く。由良が「なにが」とそっけなく返した。

「あたしだって東京でつらい思いはたくさんしたけど、いまは奥様の小間使いにしてもらえて、やっぱりいいひとは東京にもいるんだなあって思ったし、なんていうか……うまく言えないけど、世のなかはまっとうに出来ているんだなあって思ったの」

　鈴子はちらとふり返る。わかはしょんぼりと肩を落としていた。

「でも、違うんだね。拐かされて女郎にされた女の子がいて、そのお父さんもひどい死にかたをして……そんなのって、あんまりにもひどいわ」

　由良は沈黙している。

「本来なら、世のなかをまっとうに保つために法律があって、警察があるのだけどね」

　答えたのは孝冬だった。

「旦那様」聞かれているとは思ってなかったのか、わかは恐縮したように肩を縮める。「申し訳ございません。くだらないおしゃべりをお聞かせして」

「いや」孝冬は手をふる。「遊廓にも決まりはあって、警察が管理しているし、違反すれば法律に則って罰されるけれど、遊廓に限らず法の目をかいくぐって悪さする輩《やから》はどこにでもいる。そういう輩に出くわしてしまうのは、運が悪かったとしか言いようがない。それだけに、とても怖いことだ。よくわかるよ」

わかが、こくこくとうなずく。

「ただ、おおよそのひとは世のなかがまっとうでなくていいとは思っていないし、まっとうにしようと努めているものだと私は思ってるよ」

孝冬は幼子に向けるようなやさしげな微笑を浮かべた。

「もし万一、君や由良が運悪くひどい目に遭わされそうになったら、私も鈴子さんも黙ってはいないから、安心なさい」

「『黙ってはいない』とは……？」訊いたのは由良である。

「悪い輩は、全力で叩き潰すよ」

ね、と孝冬に同意を求められて、鈴子はうなずいた。

「だから、安心していなさい」

孝冬の言葉に、わかはクスッと笑い、深々と頭をさげた。「ありがとうございます。旦那様、奥様」

鈴子は孝冬の思いやり深い一面を改めて見た思いがした。彼にはこういうところがある。口先だけで軽々しくひとの気持ちを『わかる』とは言わず、対等に向き合って、真摯に言葉を尽くす。

――山王さんでもそうだった。

鈴子の言う『歪み』が理解できると伝えるために、彼は花菱家の『歪み』を――己が父親の子ではなく祖父の子なのだと打ち明けたのだ。

――器用なのか、不器用なのかわからない。

だが、鈴子は孝冬のこういうところを好ましく思っているのはたしかである。

無意識のうちに孝冬の顔を眺めていた鈴子は、孝冬と視線がかち合い、思わず目を伏せた。そんなことをする必要はなかったのだが。

「……実秋様も」

由良の声に顔をあげる。由良は海のほうに顔を向けていた。西に傾いた陽に、海は白く輝いている。

「実秋様も、似たようなことをおっしゃっていました」

昔に思いを馳せているのか、由良はじっと海を見つめている。彼の胸中にある思い出がどんなものだか、鈴子にはわからない。それは彼だけの大事な思い出だろう。

由良はわれに返ったように目をしばたたき、前を向くと軽く一礼をして、ふたたび口を開くことはなかった。だがその表情は、以前あった固さが和らいでいるように、鈴子には思えた。


風呂からあがった鈴子は、寝間として用意されている座敷へと向かった。屋敷は広く、座敷の数も多いので、うっかりすると間違えてしまう。薄暗い廊下を歩いていると、目指す座敷の障子が開かれ、行灯《あんどん》の明かりが漏れているのが見えた。

蚊帳《かや》を吊った座敷のなか、孝冬は布団の上に横たわり、両手を頭の下で組んで、天井を眺めている。考えに耽《ふけ》っている様子だった。

鈴子が座敷に入り、静かに蚊帳の端を持ちあげくぐると、孝冬は身を起こした。

「考え事でございますか。難しい顔をしておいでだわ」

「いや、埒《らち》もないことを考えていただけです。考えというほどでもないな」

孝冬の髪はすこし乱れている。それを直してやりたく思うが、鈴子は孝冬ほど自然とそんな仕草ができるわけではない。孝冬は、鈴子の髪がほつれていればすぐ撫でつけてくれるし、髪飾りが歪んでいれば直してくれる。おそらく考えるよりさきにさっと体が動くのだろう。

「埒もないこととは、どのような……？」

「吒天法や、真言宗……この島のこと……でしょうか」

「吒天法──あの、与兵衛さんの？」

しかし、その言葉はべつのどこかで耳にした覚えもある気がした。

「そう、与兵衛さんが行った呪法です。彼は吒天法の行者だったのでしょう。彼は狐憑きをよく治したと、あのおばあさんは言っていましたよね。吒天法はいいほうにも、悪いほうにも、絶大な効験があるといいます。いいほうに用いれば、狐憑きを治し──」

「悪いほうに用いれば、ひとを呪い殺せる……？」

孝冬はうなずいた。

「吒天法は吒枳尼天の修法《しゅほう》、密教の修法です。密教の修法は風が吹けば飛ぶような小手先の呪いではなく、固い土壌のある呪法ですよ。この島の寺は真言宗が圧倒的に多いと前にも言ったかと思いますが、真言宗、つまり密教です。それゆえ呪詛が根付き、育つ風土がこの島にはある。──ところで、吒天法というとなにか思い出しませんか」

問われて、鈴子は顎に手をあてる。「ええ……。どこかで聞いた覚えが」

「燈火教ですよ」

鈴子は、あっと軽く声をあげた。

——そうだ、燈火教だ。

あれも吒天法を用いていると、孝冬はたしか言っていた。

「燈火教のいわゆる神歌が、吒天法の文言なんですね」まあ、だからといって与兵衛さんの件とかかわりがあると思っているわけではないのですが。なんとはなしに、思い起こされまして」

「町に燈火教の教会があったせいではございませんか」

「ああ、そうですね。それで連想に至ったのやもしれません。——とりとめない話のついでに、もうひとつ。吒天法の真言は、天皇の代替わりの儀式でも唱えられていました」

「まあ……そうなのですか」

「明治になってああした儀式はすべて神道に則ったものになりましたから、なくなりましたが」

だが、それまでは行われていた。

「それだけ力があったから、ということでございましょうか」

「密教と天皇のかかわりが深かったからというのもあるだろうけど……皇位継承をめぐっ

て密教僧が調伏をやり合ったりしてますからね。武力ではなく呪法による戦いですね。もちろん病気平癒の加持祈禱なんかもやってますし」

「皇位継承を、呪いで決めるのですか」

ぴんとこず、首をかしげる。

「はは……。そういう時代もあったんでしょう。まあ、それがすべてではなくて、権謀術数のうちのひとつといったところじゃありませんか」

孝冬は軽く笑い、ふたたび布団の上に寝そべる。鈴子もその隣で横になった。

「密教にもお詳しいのですね」

鈴子が言うと、

「いや、兄からの受け売りです」

と孝冬は言う。

「受け売りでも、よく覚えてらっしゃるわ。興味がなくてはできぬことでしょう」

「興味があったのは、兄の話にです。兄が話してくれることすべて……」

ほのかに笑う孝冬の横顔を、行灯の明かりがやわらかく照らしている。

「今日は、知らなかった兄の一面を知れて、よかったです。私は兄の恋にまるきり気づいてませんでしたよ。相手が東京にいたなら察していたのかな。淡路島ではね。――鈴子さん」

孝冬は鈴子のほうに体を向けた。

「あなたのおかげです。ありがとう」

鈴子は孝冬のやさしく細められた目を見つめた。

「……積み重ねです」

「え？」

「何事も、積み重ねがあって、いまがあるのだと思います。わたしはあなたにつらい思いをしてほしくないと思いますけれど、それはあなたがわたしにそう思わせるだけのかただからです。由良が実秋様の秘密を話してくれたのは、わたしが尋ねたのもあるかもしれませんが、あなたの行いを見てきたうえで、打ち明けようと思えたからだと思います。あなたのやってきたことの積み重ねが、いま生きているのです」

孝冬は鈴子の言葉にじっと聞き入っていた。このひとほど真剣に、ひとことも聞き漏らさぬという顔で、わたしの話を聞いてくれるひとがいるだろうか、と鈴子は思う。

神妙な面持ちで耳を傾けていた孝冬は、ふっと表情をゆるめた。

「積み重ねは、受けとってくれるひとがいてこそですよ。だから、やはりあなたがいてくれてよかった」

孝冬の手が伸びてきて、鈴子の頰に、耳に触れる。軽く触れる指先がくすぐったく、鈴子は切ないような気持ちになった。

「明日は船で江井《えい》まで行って、線香の製造所をお見せしますよ。いい香りがしますから、きっとあなたも気に入ってくださるはず……」

虫の音ばかりが遠く聞こえる夜のしじまに、孝冬のやわらかく深い声は、鈴子の耳に昼間よりもいっそう心地よく響いた。

おくま御前

「またわたくしを置いてけぼりになさるんですね」

　タカは鈴子の帯を締めながら、むくれている。もう何遍こんな恨み言をくり返されているか知れない。

「船で行くのだから、しようがないでしょう」

　これも何度も言っている。タカは船酔いがひどいので、江井へと船で向かう今日、一緒につれてはいけない。しかし昨日、養育院へもつれていかなかったので、機嫌を損ねているのである。養育院へつれていかなかったのは、わかと由良がいたからで、どうせなら島にいるあいだ、タカには存分に羽を伸ばしてもらおうと思ったのだ。よかれと思っての配慮であったが、ひととは難しいものである、と鈴子はつくづく思う。

「今日はわかも由良もつれていかないのだし……」

「そうですよ、タカさん。あたしもお留守番です」

　わかは鈴子の脱いだ着物や襦袢《じゅばん》を畳んでいる。タカはじろりとわかをねめつけ、不服そうにふんと鼻を鳴らした。

「せっかくはじめて淡路島に来たのだから、タカも観光を楽しめばいいじゃないの」

「わたくしの仕事は奥様のおそばに仕えることでございます」

「だから、いまはそれを休んでいいと言っているのよ」

「わたくしはもう用済みなのでございますね」

拗《す》ねている。拗ねきっている。どうしたものかと思っていると、孝冬が障子を開けて顔を覗かせた。

「ちょっといいですか」

「奥様はまだ着替え中でございますよ、旦那様」

かりかりしているタカに、孝冬は柔和な笑みを向けた。

「いや、タカに相談があってね」

「わたくしに？　なんでございましょう」

　意外な申し出にタカがぎょろりと大きな目を見開く。孝冬は背後に目をやると、控えていたらしい由良が現れる。その手に行李を抱えていた。

「養育院へ持っていくはずだった荷物を、ひとつ忘れていてね。昨日は東京みやげをずいぶん持っていったものだから。――鈴子さん、ほら、端切れですよ。あなたにお願いした」

「ああ――」

淡路島に来る前、養育院の子供たちが裁縫を習うのに使うため、端切れが欲しいと孝冬に頼まれたのだ。鈴子は自分の着物をはじめ、実家や義姉たちからも端切れをもらってきた。ずいぶん上等な端切れが集まった。

「それを由良とわかに持たせるから、タカにも一緒に行ってもらおうかと」

「わたくしが行って、どうするんです？」

「裁縫を教えてやってもらいたいんだよ、子供たちに。もちろん裁縫の先生はいるのだけど、せっかくだからね。東京の者が来ることなんてほとんどないから。タカは針仕事が上手なうえ、話し上手だし、ちょうどいいかと思ってさ」

「はあ……」

タカは戸惑ったふうながら、褒められてまんざらでもない顔をしている。

「それがいいわ、タカ。子供たちに東京の話を聞かせてあげて。喜んでくれるわ、きっと」

「そうですよ、タカさんなら東京のいろんなものをご存じでしょうし」

タカは咳払いをして、

「承知いたしました。旦那様のご命令でございますから、行って参ります。奥様の慈善《じぜん》の一環にもなりましょうし」

鈴子は内心ほっとした。孝冬に目で感謝の意を伝えると、彼は軽く笑った。タカが拗ねるのを見越したわけではないだろうが、機転の利くひとである。

「なあ、端切れやったらうちのも持ってってって」

富貴子が廊下を小走りにやってくる。手に端切れの束を持っていた。「うちも一緒に行こかな。暇やし」

「幹雄さんはどうしてます？」

「部屋に籠《こ》もっとるわ。なんやまだずっと調べとるみたい」

淡路の君に関することだろう。孝冬がうなずいて、「帰ったらまた私も加わりますと伝えてもらえますか」と言った。

「がんばるなあ。こっちには今月の半ばまでおるんやった？　それまで調べるん？」

「ええ、まあ。一度で調べきれるとは思ってませんが」

「兄さんに調べさせといたらええわ。あのひとも暇やでな。――港に向かうんやったら、副島に言うとこか？　そうせんと母さんが自動車使てまうさかい」

「ああ、いえ」孝冬は迷うようにちらと鈴子を見る。鈴子は「歩いて向かいますので、おかまいなく」と答えた。

「ええの？　車のほうが楽やろ」

「町の様子をゆっくり見ながら行こうかと」

実のところ、あの喜佐に借りを作りたくないというのがある。あとで文句を言われるのもいやだった。

「ええこと教えたろか」

富貴子はにやっと笑い、孝冬と鈴子を手招きして間近に呼んだ。

「母さんはな、いまのとこ、自動車に乗っとったら満足するさかい、それさえ邪魔せんかったらたいして嫌味も言われへんと思うで。意味わかる？」

鈴子は孝冬と視線を交わす。おたがいおなじことを考えたようである。

「それは、その――副島さんですか」

声をひそめて言った孝冬に、富貴子はにいっと唇を吊りあげ、うなずいた。

「見とったら誰かてわかる。皆、見て見ぬふりやけどな。まあそのうち飽きるやろ」

富貴子は笑い声を立てて去っていった。

「聞かずともよいことを聞いてしまいましたね」

あきれたように言う孝冬に、

「脅し文句くらいには使えるやもしれませんが……」

と返すと、孝冬はぎょっとしていた。冗談です、と鈴子は言っておいた。

船を降りると、線香のいい香りが早くもふわりと漂ってきた。息を吸い込むと、お寺のなかにいるような、静謐《せいひつ》で和やかな香りが胸のなかに満ちる。

「いい香りでございますね」

そう言うと、孝冬はうれしそうな顔をした。

「そうですか。よかった」

江井には線香の製造を営む業者がいくつもあるが、旧幕時代には廻船業で栄えた村だそうで、島内一の富豪村とも称されるほどであったらしい。

「江井の廻船問屋は主に長崎貿易にかかわっていたそうですが、その船と交易経路があったからこそ、線香の商いも発展していったわけです」

製造所に向かいながら、孝冬は説明する。

「はじめは九州、それから京阪神、次いで全国と、いまは販路も拡大して、業者も増えていっていますから、そろそろ組合を作らねばという話も出ているところです。――ご覧になってください。製造所は西からの風を取り込んで線香を乾燥させるので、建物の西側に窓を設けて、格子で風の量を調整できるようにしてあります」

孝冬は近くの建物を指さす。なるほど西側にずらりと大きく特徴的な格子窓があった。『薫英堂《くんえい》』の製造所は木造二階建ての建物で、やはりよその建物とおなじ格子窓がついている。ガラス戸に『薫英堂』という文字が金字で入っており、おなじく屋号を染め抜いた藍色の暖簾《のれん》が上にかかっていた。

ガラス戸が開き、五十過ぎかと思われる男性があわてた様子で出てくる。開いた戸口から、線香のにおいが強く漂った。

「社長。おっしゃってくだされば、港までお出迎えにあがりましたのに」

「いや、仕事の邪魔をしては悪いからね。鈴子さんとゆっくり歩いてきたかったし」

孝冬は鈴子に視線を向ける。つられたように男性は鈴子のほうを向いて、深々と頭をさげた。

「このたびは、ご結婚おめでとうございます。ごあいさつが遅れまして、申し訳ございません」

「いいえ、お祝いをくだすったでしょう。こちらこそ、お礼をじかに申し上げるのが遅くなって……」

鈴子も頭をさげる。製造所からは結婚祝いを贈られている。こちらの風習だとかで、錦の袋に入った米だった。おたがいに頭をさげて謝っているのがおかしく、三人は笑い合った。

　男性はこの製造所の責任者だという。なかに入ると、そこは事務所であるようで、突き当たりにある暖簾のさらに奥が製造の場であった。いくつかの機械が見え、その前で作業する職人や、長机に積まれた線香の前でなにか作業をしている職人もいる。彼らは孝冬を見てあわてて手をとめ、腰をあげようとしたが、孝冬は「いいから」と制止する。

「作業を中断させるのは本意じゃないから、かまわないでいいよ。――そのほうがいいでしょう？　鈴子さん」

　鈴子はうなずく。皆にかしこまってあいさつされるより、作業を眺めるほうが面白そうだと思った。邪魔にならぬよう遠目に眺めたいと所望した鈴子に、さきほどの男性が事務所から椅子を運んできてくれた。鈴子と孝冬は腰をおろして、なかを見渡した。隅にある機械から線香が押し出され、木の板の上で切り取られる。線香はぐんにゃりとしている。その端を丁寧に切りそろえ、板が積み重ねられてゆく。流れるような作業が乱れることなく黙々とくり返されており、感嘆する。乾燥させるのは二階なのだという。お彼岸やお盆前の繁忙期には二階だけでは足りず、路地にまで乾燥板を出して乾燥させるそうだ。

「線香には杉粉を使うのですが、香料入りのものは椨《たぶ》の木の皮を製粉したホンコという粉を使います。宮崎県のほうでとれる木なんですよ」

『フロラ』はそちらでございますか」

「ええ、そうです」

薫英堂の『西洋香　フロラ』は女性に人気の印香で、鈴子も百合の香りがするものをハンカチの抽斗《ひきだし》に入れている。

あまり長居しても職人たちが気詰まりであろうと、しばらくして鈴子と孝冬は製造所を出た。

「花菱さん」

ふたりが外に出てくるのを待っていたかのように、声をかけられた。ふり向けば、四十がらみの、大店の旦那といったふうの男性が立っていた。恰幅《かっぷく》がよく、顔もふっくらとして温厚そうな風貌だが、不安げな表情をしている。

「あなたは——宇内《うない》さんじゃありませんか」

「覚えておいででしたか」男性はいくらかほっとした様子を見せた。「ええ、宇内でございます」

近くの村の毛織物卸商で、もとは廻船問屋だという。

「今日、こちらにいらっしゃるとうかがったもので……」

「なにかご用でしたか」

宇内はうつむき、言いにくそうに声をひそめた。

「実は、折り入ってご相談がございまして……」

孝冬と鈴子は、顔を見合わせた。


宇内家の屋敷は立派な長屋門を持つ豪邸であった。鈴子と孝冬を広々とした奥座敷に通して、宇内はまず結婚の祝辞を述べた。

「いや、お聞きしておりましたお歳にしては、落ち着いてらっしゃいますな」

と、宇内は感心したように鈴子を見る。鈴子は今日、黒紋付きの羽織姿であるので、そのせいもあろうかと思う。孝冬の仕事先を訪れるのだから、あらたまった格好のほうがよかろうと考えたのだ。淡い東雲《しののめ》色の地に藤色を霞柄にぼかした紋紗縮緬に、帯は浅紫に百合や蘭を描いたもの、帯締めと帯揚げは藤色でそろえ、帯留めは百合の彫金、半衿は浅紫に流水と百合の刺繡。『フロラ』の白百合を思わせる装いにした。髪飾りも百合である。華やかさはあるものの、若々しさよりは落ち着きを感じさせる格好だろう。

「花菱さんのお宅のお内儀《ないぎ》は、代々お美しい。うちはもともと廻船問屋ですが、花菱さんのお母上のご実家も、おなじ廻船問屋でして……」

そんな話をしながらも、宇内はどこかうわの空だ。相談をどう切り出したものか、考えているのだろう。

「それで、相談というのは、お祓いの件でしょうか？」

出された茶をひとくち飲んだあと、孝冬が率直に尋ねた。

宇内は、うっと喉にものが詰まったような顔をする。

「は、はあ……そのとおりです。なんといいますか、信じていただけるかどうかわからないのですが」

孝冬は微笑を浮かべた。

「私はお祓いをする者ですからね。信じがたい話ならこれまでもたくさん遭遇しております。大丈夫ですよ」

宇内はほっとしたように顔からこわばりをといた。

「そう……そうですね。花菱さんなら……」

彼はごくりとつばを飲み込んだかと思うと、勢いよく両手をついて頭をさげた。

「どうか……、どうか、この家の祟りを祓ってくださいませんか」

両手は震えている。

「祟りと言うと、どのような？」

対する孝冬は淡々と返す。宇内は顔をあげると、平静な孝冬の態度にいくらか拍子抜けしたように「はあ」と間の抜けた声を発した。

「代々、宇内家の当主は長生きできません。私の父も祖父も四十代で頓死しました。これといった病もなく、急に倒れてその日のうちに死んだんです。過去帳をたどれば、当主はずっと前の代からおおよそ四十から五十のあいだに死んでおります。五十を越すことはありません。それだけでなく、男児は当主以外は育たぬのです。次男以下は皆、子供のうちに死にます。子供はよく死ぬものだと言われればそれまでですが——」

宇内の膝に置いた手に力が籠もる。

「当主がこうもそろいもそろって五十にもならぬうちに死ぬのは、どうもおかしい。そういう血筋はあるのやもしれません。しかし、私は納得できず、檀那寺の和尚をはじめ、何人もの行者、巫女にお祓いを頼みました」

「……どうなりました？」

「和尚には無理だと言われました。行者のひとりは、……祈禱の最中に苦しみだして、死んでしまいました」

祟りかどうか半信半疑で聞いていた鈴子も、これにはさすがに驚いて、眉をひそめた。

「これを聞くと、ほかの行者も尻込みして、祈禱さえやってくれなくなりました。巫女も自分には祓えぬと言いましたが、理由は教えてくれました。これは屋敷神の祟りだと」

――屋敷神の祟り。

そのとき、ふうと香のにおいが漂った。ぎくりとする。孝冬も気づいたようだった。淡路の君の香りだ。

鈴子はすばやく周囲に目を走らせる。幽霊がいる気配はない。鈴子に見えないだけか。だが、淡路の君も香りが漂うばかりで、一向に姿を見せる様子はなかった。

――どういうことだろう。

「屋敷神を丁重にお祀りして、祟りを鎮めてもらうようお祈りするしかないと……。たしかに、わが家には昔から祠《ほこら》がありまして、神様を祀っております。なんの神様がよくわからないのですが、『おくま御前《ごぜ》』と呼んでおりました」

「おくまごぜ？」

「おそらくゴゼンというのが訛《なま》って、ゴゼ、と言うのだと思います。由来は知りませんが、敷地の隅に祠がありまして……それを祀るようになってから、廻船問屋としてどんどん商売は上向きになっていったそうで。最近はそう熱心に祠を世話することもお詣りすることもなかったもので、巫女にそう言われてから、きっちり掃除をしてお祈りするようにしてはいるのですが……はたしてそれで大丈夫なのかどうか、わからぬもので」

宇内は不安げにうなだれる。

「『ゴゼ』の名を持つ神様は、淡路島ではままあるようですね」

孝冬が言って、腕を組む。

「五瀬《ごぜ》明神、御前明神、富御前、美御前……五瀬明神は落ち武者の祟りを鎮めるために祀られたもので、富御前は富という老婆の霊を鎮めるための祠、美御前は疱瘡《ほうそう》神だとか。こうした神様ははやり神だとされます。私も聞きかじりで、そう詳しくないのですが」

「はあ……なるほど……」

宇内はそういった知識には関心がない様子で、「それで、どうでしょう。祓えるものでしょうか」と身を乗りだした。

「そうですね……」孝冬は迷うように顎をなぞる。淡路の君のにおいはする。しかし姿は現さない。現れるなら、相手の幽霊を食って『祓う』ことは可能であるわけだが――。

「――ひとまず、その『おくま御前』とやらの祠を拝見してもいいでしょうか」

どうぞどうぞ、と宇内はいそいそと立ちあがり、座敷を出た。鈴子と孝冬はそれにつづく。宇内は庭にまわり、木が生い茂る奥へと入ってゆく。塀際にこぢんまりとした祠があった。祠というか石の塔で、鈴子の腰あたりまでの高さがあった。石塔の前には樒《しきみ》や桔梗、水を入れた杯に米を盛った皿などが供えてあった。周囲の落ち葉などはきれいに掃き清められ、箒《ほうき》の跡が残っているほどだ。

「こちらです」

宇内は言うと石塔の前にかがみ込み、手を合わせて熱心に拝みはじめた。鈴子は孝冬を見るが、彼は軽く首をふる。淡路の君はやはり現れないし、幽霊らしきものもいない。それどころかさきほどまではあった淡路の君の香りも、いまは消えてしまっている。どういうことなのか、困惑するばかりだった。

ふたたび座敷に戻ると、孝冬は宇内に頭をさげた。

「どうも、私ではお役に立てそうにありません」

そもそも幽霊の姿が見えないのである。祓うもなにもない。

宇内は肩を落とした。

「そうですか……。やはり巫女の言うとおり、祀っていればいいのでしょうか」

鈴子は口を挟んだ。

「その巫女というのは、どなたでしょう」

ふと先日出会った巫女の老婆が脳裏をよぎったのだった。

「はあ、有名な巫女のおばあさんで、キヨさんというかたですが」

「湊にいらっしゃる……？　もとは三条の出だとか」

「ええ、そうです。そのキヨさんです。花菱さんもご存じなら、あやしげな巫女ではないのですね」

やはりそうだった。巫女ならばあのひとがいちばん高名なのだろうか。

——あのおばあさんなら、いいかげんなことは言わないだろうけれど。

死霊を呼べる、れっきとした巫女だ。しかし、と鈴子は畳の目を見つめる。キヨはなにをどう見て、神の祟りと判断したのであろうか。鈴子や孝冬にはわからないものが、キヨにはわかったのか。

宇内家を辞したあと、ふたりは船で湊へ戻ることにした。

「幽霊はいないようでしたけれど、淡路の君の香りだけ漂ってきたのは、どういうことでございましょう」

帰りの船上で、鈴子は言った。

「私にもわかりません。神様相手では、さしもの淡路の君も出る幕がないということでしょうか」

「『おくま御前』……どうして宇内家はその神様を祀るようになったのでしょう」

「うーん……そもそも屋敷神というのは淡路島ではそう一般的ではないんですよね。旧家で祀るくらいで。そういう意味では、旧家の宇内家で祀っているのは順当なのでしょうが……。祀る家では、屋敷守りさん、屋敷の神さん、などと言って、やはり宇内家のような石の祠を敷地の戌亥《いぬい》の方角の隅に祀ることが多いようです」

「では、宇内家のように『おくま御前』という名前をつけた屋敷神は、めずらしいということでございますか」

「そうですね。いや、私が知らないだけかもしれませんが」

鈴子は考え込む。それにしても、と孝冬が言った。

「巫女のキヨさんがまた出てきましたね。不思議な縁と言うかなんと言うか」

「どうして彼女は、屋敷神の祟りなんてことがわかったのでしょう」

「いや、逆じゃありませんか」

「逆？」

「昔から屋敷神を祀っているというのを聞いて、祟りはそれだと言っただけでしょう」

孝冬は笑う。

「祓ったあとで被害が出ればどういうことだと苦情を言われますが、祓えない、ちゃんと祀ればいいとだけ言っておけば、万一被害が出たとしても『祀りかたが足りない』だの『祀りかたが悪い』だの言えばすむんですから。キヨさんがちゃんとした巫女であったとしても、商売でしょう。商売ならそういう策を選ぶんじゃありませんか」

「そうでしょうか……」

孝冬は意外そうに、

「おや、ずいぶんそのキヨさんを買ってらっしゃるんですね。そんな霊験《れいげん》あらたかな巫女さんでしたか」

「霊験はわかりませんけれど、ある程度信用のおけるかたではあると思っております。——わたしは、でございますが」

「へえ……それなら私も興味がありますね。淡路の君を御霊と言ったひとでしょう。一度会ってみたいな」

キヨの住まいは港町である。ちょうどこれから湊港に着くので、寄って行くことはできるが。

「よろしいのですか。男爵が訪れるような場所ではございませんが」

吉衛の耳にでも入って、なにかしら小言をもらうことにならないとも限らない。

「まあ、どうとでもなるでしょう。興味があって宮司が巷間《こうかん》の巫女のもとを訪れることくらい、きっと昔からありますよ」

鈴子の心配をよそに、孝冬は軽やかに笑った。

港町のキヨの住むあたりは、じめじめとして饐《す》えたにおいがしていた。土地が低いのだろう。大雨でも降れば水に浸かるのでは、と思われた。

　行商から買った団子を手みやげに、キヨの住まいを訪れる。傾いた鳥居をくぐり、戸の開いた出入り口に近づくと、台所に先日会った女中らしき少女がいた。彼女は鈴子と孝冬を見てはっと目をみはり、板間のほうをふり返る。そちらにキヨがいるのだろう。

「ごめんくださいませ」

　戸口の敷居をまたいで土間に足を踏み入れると、先日とおなじところにキヨは座していた。

「なんや、今日は夫婦そろって」

　孝冬の顔は見知っているらしい。「仏降ろしの頼みけ？」

　鈴子は板間にあがり、キヨの前に座る。

「いえ、宇内家の『おくま御前』についてお訊きしたくて参りました」

　キヨは目をゆっくりとしばたたく。孝冬が鈴子の隣に腰をおろした。

「おくまごぜ……ああ、宇内の。ほお、宇内の旦那はんはあんたんとこへお祓いを頼んだんか」

「あなたは、屋敷神の祟りだから祓えない、祀れとおっしゃったのでしょう？　どうして、そうとおわかりになったの？」

キヨは黙って麦湯をすする。ただではしゃべらないということである。孝冬がいくらかの紙幣とともに、団子の包みをキヨの前に押し出した。

「話が早てええわ。商売人は違うのう。あんたんとこの線香は、どこでも評判ええで」

キヨはうれしそうに紙幣を帯に押し込み、団子は女中に渡した。

「それはどうも、ありがとうございます」

孝冬は和やかに応じている。

「うちはな、鼻がええんや」

キヨは言った。

「鼻？」鈴子はくり返す。

「あんたがはじめてここに来たときも、御霊のにおいがした。いまもしとる。前よりずうっと強い。死霊を呼ぶと、下のほうが冷たなる。降ろすと手足が凍えそうになって、胸のなかまで冷えるんや。においと、冷たさやな。うちが感じるんは。目ぇはなあ、あんまりよう見えん。ほやさかい、目で見るんと違て、ほかで感じとるんや」

キヨはいったん言葉を切って、麦湯で喉を湿らせた。

「宇内の家はのう、腐ったにおいがした」

ぽつりとキヨは言った。

「死臭やの。ああいう家は、あかん。どもならん。べつに屋敷神やいうんは、うちが言うたことやないで。向こうから言い出したことやさかい。なんぼうちでも祟りの正体なんぞわかるかい。向こうに心あたりがあったんやろ。神さんやでどもならん、祀るしかない言うたわけやない。あの家は沈みかけとる泥舟や。もうあかんわ」

屋敷神はキヨが言い出したことではなく、宇内のほうから言ったことだというのは、孝冬の見解が当たっていた。だが、キヨはキヨなりの理由で宇内家の祟りはどうにもできないと判断したのだ。

――死臭。沈みかけの泥舟……。

「あの家に、幽霊のたぐいはいないように思ったのですが……」

鈴子が言うと、キヨは笑った。

「そやの。ほやさかい、やっぱり神さんの祟りなんと違うけ？」

「では……やはり、どうしようもないと」

「そう言うとろうが。あんた、どうにかしたろなんぞ、思たらあかんで。ひとのできることなんぞ知れとるわ。分《わきま》を弁えんといかん」

キヨは渋面でそう告げた。鈴子は意外に思う。まるで心配してくれているようだ。

「――『おくま御前』という神様については、どう思われますか？」

孝冬が口を挟んだ。

「どうもこうも、知らんがな。そういう神さんを勝手に祀っとるんやろ。ゴゼ言うたら瞽女《ごぜ》や」

えっ、と鈴子と孝冬は思わず身を乗りだした。瞽女は盲目の女遊芸者である。盲目の巫女の系譜に連なるという。鈴子の育った貧民窟にも瞽女くずれがいた。

「御前は瞽女——そうなんですか」

勢い込んで訊く孝冬に、キヨはぽかんとしている。

「うちはずっとそう思とったけど。ほかになにがあんねん。瞽女が語り伝えた神さんやろ」

「たしかに、民間のそうした流離《さすら》う行者や巫女が説いてまわる、怨霊や神様の話というのはありますが……『おくま御前』もそれだと？」

「難しい話は知らん。瞽女や座頭は、この島に十月亥《い》の日になると妙音講《みようおんこう》で集まっとったさかい。妙音講て、弁天様を祀る講や」

「ああ、なるほど。『おくま御前』がどういうたぐいの霊験や因縁話を持っているかは、ご存じですか？」

「いんや、知らん。宇内の旦那はんが知らんもんを、うちが知るわけないやろ」

孝冬はうつむき、また考え込む。「そういった神様が、あの家にだけ伝わっているというのも変わってるな……」

「それはそやな。瞽女が語るもんやったら、よそのとこにも伝わるさかい」

孝冬のつぶやきに、キヨもつられて考え込むように頭を傾けた。鈴子は淡路島の信仰をよく知らないので、いまいちふたりについていけていない。が、下手に口を挟んで話の腰を折ってはと、黙っていた。

「ともかく、あんたら、首を突っ込むんはやめときや」

しばらくして、キヨがわれに返ったようにそう言った。「こんなん、考えとってもしゃあない。宇内の家はもうあかん。ほっとき」

「『もうあかん』というと、宇内のご当主は、いずれ亡くなるということでございますか」

鈴子が訊くと、

「それがあの家の当主の寿命なんや。べつに、十やそこらで死ぬわけともちゃうんやし」

「男児は跡継ぎ以外、育たないということでしたけれど……」

「跡継ぎが育つんなら、まあええやろ」

「よくはないでしょう」

キヨの言いように鈴子は眉をひそめる。キヨは首をふった。

「抗《あらが》って、よけいにひどいことになったら、あんた、どないするんや。あんな、神さんちゅうもんは、抗えば祟るもんや。おとなしゅう、首を垂れて鎮まるんを待つしかない。ひとがどうにかできると思わんことや」

鈴子は黙り込んだ。よけいにひどいことになったら。そう言われると、返す言葉がない。幽霊が見えるだけの鈴子に、できることなど端《はな》からいくらもないのだ。

「案外、まっとうなことをおっしゃるんですね」

と、感心したように言ったのは、孝冬である。キヨは孝冬をじろりとにらんだ。

「もうええやろ。代金ぶんはしゃべったで。帰りや」

出入り口のほうを顎でしゃくって、キヨは言い捨てた。孝冬に励ますように肩を軽くたたかれて、鈴子は腰をあげる。

外に出ると、孝冬は歩きながら鈴子にささやくように言った。

「考えてみたんですがね、鈴子さん。宇内の当主は、どうも、知っていて隠していることがあるんじゃないでしょうか」

「え？」と鈴子は孝冬を見あげる。

「『おくま御前』は特殊です。地域ではなく、宇内家だけに伝わっている。屋敷神としてもはやり神としても異質だ。宇内家の繁栄にかかわる神様ですから、その由緒来歴も伝わっていると思いますよ。当主はなにかしら知っているはずです。それを訊けば解決の糸口は見えるかもしれません。ですが――」

「ご当主が言わないのなら、手助けもしようがございませんね」

孝冬はうなずいた。

「いちおう、もう一度宇内家を訪ねて、訊いてみましょう。それでも知らぬ存ぜずを通すなら、こちらも手の打ちようがない。あきらめましょう」

厄除けの御札くらいは、置いていきましょうかね――そう言って孝冬は笑った。鈴子が気にかけているので、孝冬もできることを考えてくれたのだろう。その思いやりを鈴子はありがたく思った。


花菱家に戻ると、入れ違いで門を出てくるひとがいた。大きな鞄を提げた医者であった。急病人でも出たのかと孝冬が尋ねると、医者は「吉衛さんのいつもの往診です」と言う。

「大叔父は、どこか悪いんですか」

「もう歳ですさかい。心臓が弱っとります。男爵が東京から来られるいうて、このところは気張っとられましたけど、まあ、もうちょうお休みになったほうがええですやろ」

休むよう男爵からも言うてください、と言い置いて、医者は去っていった。

らしたのですね」

「お歳のわりにお元気なかただと思っておりましたけれど……張り切ってご無理なさって

鈴子が言うと、孝冬は複雑そうな顔をしていた。

玄関に入ると、幹雄が出迎えてくれた。喜佐は出かけており、吉継は神社で、吉衛は離れで休んでいるという。タカたちは養育院からまだ帰ってきていない。

「大叔父さんは、どんな具合です？」

孝冬が訊くと、幹雄は笑って手をふる。

「元気やで。あの歳やさかいな、往診にだけはよう来てもろとるんや。医者は休め休め言うて、ほやけど本人は年寄り扱いされるんが嫌いやさかい、機嫌が悪うなってかなわん」

「年寄り扱いって、もう立派な年寄りでしょうに」

「それ当人に言うたらあかんで」

からからと陽気に笑う。

孝冬が一緒に調べものをしたいからと幹雄の部屋に向かったので、鈴子は余所《よそ》行きの着物を着替えることにした。こざっぱりとした虎絣《とらがすり》の夏大島に芭蕉布の帯を締めて、脱いだ着物は衣桁にかけて風を通す。葦簀を垂らした縁側からいい風が入った。沓《くつ》脱ぎ石に置いてあった下駄を突っかけ、庭に降りると、庭木の向こうに離れの縁側が見える。そこに吉衛があぐらをかいて座っていた。手にした団扇でゆったりと扇いでいる。目が合う。鈴子が会釈をすると、吉衛は唇を引き結び、座敷へと戻っていってしまった。そちらには布団が敷いてある。幹雄は元気だと言っていたが、やはり具合はよくないのだろうか。縁側に腰をおろし、ぼんやりしているうち、孝冬が昼ご飯の時間だと呼びに来た。

吉衛は離れで食べるそうで、食事の席には鈴子のほか、孝冬と幹雄しかいなかった。昼食は、焼いた穴子にたれをかけ、それを茗荷《みようが》や生姜の甘酢漬けを混ぜ合わせた酢飯の上にのせたちらし寿司が絶品であった。

「幹雄さんと調べを進めているのですがね」

と、食後、茶を飲みながら孝冬が言った。

「おおよそ、淡路の君が生きていた年代というのが絞れそうなんですよ。例の『佑季』という当主の代ですね。家系図や略伝を郷土誌や歴史書とつきあわせて、年代がはっきりしている箇所から割り出しました」

それを受けて幹雄が口を開く。

「藤原純友《ふじわらのすみとも》とか、そういう大きな戦乱があったら記録に残るし、国司の記録なんかもあるさかいにな。たとえば十世紀末に讃岐扶範《さぬきのすけのり》ていう国司の悪政が朝廷に訴えられて、国司は交代させられとる。そういうんは花菱家の略伝にも当時あった大きな出来事として書き残されとるわけや。そういう記述からだいたい計算してくと、当主『佑季』の年代が、ある程度見えてくる」

そうすると、と幹雄は腕を組み、天井をにらんだ。

「たぶん、十世紀後半……康保《こうほう》から安和《あんな》のあたりかなと思うんやけど。天皇で言うたら村上《むらかみ》帝から冷泉《れいぜい》帝、円融《えんゆう》帝の御世あたりやな」

「安和というと、安和の変がありますね」

孝冬が言うが、それがなんなのか、いつごろの話か鈴子にはよくわからない。

「あるけど、中央の貴族の権力争いやさかい、地方にはあんまり関係なさそうやな。当時はそうやって中央は権力争いに終始して、地方は荘園が増えて公領が減ってしもて税を取り立てられへん、みたいな、まあなんともならん状態やな。乱れとるわ」

やれやれ、といったふうに幹雄は頭をかく。

「このころは、八幡信仰が島に広まった時期でもあるな。淡路島は仏教なら真言宗、神社なら八幡が多いんや。どっちも呪術の色が濃いのが、この島の文化を作ったんやろか……ああ、これは関係ない話やな。すまん」

いいえ、と鈴子は言い、しばらく迷っていたが、思い切って口を開いた。

「あの……教えていただきたいことがあるのですが」

「うん？　なんや？」

「花菱家の記録には、妻についてはなにか、残っておりませんか」

「妻？」

幹雄はけげんそうな顔をする。

「淡路の君が当主の妻を選ぶ、その基準はなんなのだろう、というのが気にかかっているのです」

「ああ、そういうこと。いやあ、悪いけど、だいたい当主のことしか書かれてへんな。基準て、淡路の君の好みとしか言いようがないんとちゃうけ？」

「共通点のようなものは、ないのでしょうか」

「共通点なあ。わしも孝冬くんのお祖母《ばあ》さんとお母さんしか知らんさかい。まあ、美形好みではあるやろな。冗談やなしに、ある種の美しさが魔を引き寄せるていうんは、あると思うさかい」

ほかになにかあるやろか、と幹雄は真剣に考え込んでいる。

「孝冬くんのお母さんは、廻船問屋の嬢はんやったな。お祖母さんは、よう知らん。淡路のええとこの嬢はんではあったやろうけど。そういや、お母さんのほうは祖母様の姪っ子やったな」

「姪御さん？　そうだったのですか」

初耳だ。ということは、吉衛にとっても姪である。

「祖母様の妹の末娘や。ほやさかい、父さんとはいとこやな」

「では、見ず知らずの間柄ではなかったのですね」

孝冬の父親とは血のつながりはないわけだが、親族の法事などで顔を合わせることがあったかもしれない。

「どやろな。芳乃《よしの》さんは……ああ、孝冬くんのお母さんの名前な。芳乃さんは、父さんや祖父様とはまあ仲よかったみたいやけど。祖父様はよう可愛がっとったみたいやで。自分に娘がおらんかったからか知らんけど」

「……そうですか……」

娘のように可愛がっていた姪が、甥と心中した——吉衛にとっても、衝撃であったろう。

鈴子の脳裏に、さきほど見た吉衛の姿が浮かんだ。

鈴子は孝冬の様子をうかがう。彼は話に加わることなく、手にした湯呑みをじっと眺めていた。

気にかかっていたとはいえ、孝冬の前で彼の母の話題を出さぬほうがよかっただろうか。

しかし、そもそも鈴子が孝冬抜きで幹雄と会う機会はないし、あえてそんなことをするのは孝冬がいやがる気もする。

　話題を変えたほうがいいのか迷っていると、にぎやかな話し声と足音が近づいてくるのに気づいた。

「富貴子ら、帰ってきたみたいやのう」

　幹雄が腰をあげ、ひょいと廊下を覗く。

「兄さん、お客さんやさかい、お茶淹れるよう言うてきてや」

　富貴子の声が聞こえる。しばらくして、富貴子たちがぞろぞろと座敷に入ってきた。富貴子にタカ、由良にわか――そして二十歳くらいの娘がひとりと、十五、六の少女がひとり。はじめて見る顔ではない。養育院にいた娘たちだ。たしか年かさのほうの娘がミエで、年若い少女が菊だ。ふたりは緊張にこわばった顔で、座敷の敷居の前で立ちすくんでいた。

「ふたりとも、遠慮せんとはよ入り」

　富貴子が手招きをして、ふたりはおずおずと敷居をまたぐ。ミエは島田に結った髪に色褪《あ》せた朱の櫛を挿し、枯茶の縮に濃紺の半幅帯を締めている。菊はおさげに青いリボンを結び、藍の絣の夏紬に白い麻の半幅帯で、おそらくふたりともいちばんいい余所行きの着物を選んで着てきたのだろう。

　富貴子はふたりを孝冬と鈴子の正面に座らせた。タカとわか、由良は座敷の隅のほうに座っている。茶を頼みに行った幹雄が戻ってきて、不思議そうに座敷を眺めた。

「なんの集まりや？　富貴子」

「このふたりが男爵夫妻に話があるて言うさかい、つれてきたんや。ほんで、話てなんや？」

富貴子はミエのかたわらに座り、彼女のほうにすこし身をのりだした。ミエはうつむき、落ち着かぬ様子で視線をさまよわせる。唇が乾いて、皮がめくれていた。

「……一服してから、お話はうかがいましょう。喉が渇いているでしょうから」

鈴子が言うと、富貴子は「ああ、そやな」とあっさり座り直した。

「ほな、わしは部屋に戻るわ。富貴子、おまえも席外しや」

「そういうわけにいかん。うちがつれてきたんやさかい、失礼があったらうちの責任や」

「富貴子さん、大丈夫ですよ」

孝冬が言った。「わざわざここまで来るとは、よほどでしょう。どんな話でも失礼とは思いませんから、私が聞きます」

「ほんなら、ええけど……」富貴子はまだ気遣わしげな視線を送りながらも、座敷を出ていった。

入れ替わりのように女中が茶を運んでくる。どうぞ、と孝冬がすすめるも、ふたりは手が震えてうまく飲めないでいる。

「目の前にいては、緊張するかしら」

鈴子は腰をあげ、ふたりの正面から真横に移る。孝冬もそれにならって鈴子の隣に移ってきた。なんの話があるのかはわからないが、鈴子たちが養育院を訪れたときから、なにか言いたげなふうであったのはわかっている。

「これですこしは、話しやすいのではなくて？」

そう言うと、ミエは体を震わせ、目に涙を浮かべた。湯呑み茶碗を茶托に置き、鈴子と孝冬のほうに向き直って、勢いよく頭をさげる。

「申し訳ございません……！」

鈴子も孝冬も、あっけにとられた。顔を見合わせるが、おたがいミエの謝罪に心当たりはないようだった。

ミエは両手をついて頭をさげたまま、肩を震わせている。泣いているのだ。菊がミエの背に手を置き、一緒に泣きそうになっていた。鈴子は座敷の隅にいるわかに目を向ける。わかも事情を知らない様子で、困惑した表情を鈴子に返した。

ミエが謝っているのは、おそらく孝冬に対してであろう。鈴子は嫁いだばかりで、このふたりには淡路島に来るまで面識もなかったのだ。

孝冬に謝るというのは、どういう理由からだろう、と考えてみるも、まったく想像がつかなかった。

「孝冬さんは、おふたりをご存じ?」

「いえ……花祥養育院にも数えるほどしか行ったことがありませんので」

「となれば、孝冬さんのお兄様かご両親のことで——」

『ご両親』と言ったところで、ミエと菊の肩がそろってびくりと跳ねた。わかりやすい。

「ご両親ね。あなたがたは、孝冬さんのご両親を知っている。……ああ、たしか、ご両親は養育院にはよく足を運んでいらしたと、院長がおっしゃっていたわね。おやさしい夫人だったと……」

菊がべそをかきはじめた。おとなびた容姿ではあるが、泣きかたはまだまだ子供だ。ミエが泣き濡れた顔をあげ、「ほんとうに、おやさしい奥様で……」としゃくりあげながら言った。

「それだけに、ほんとうに申し訳ないことを——」

鈴子の勘が、ぴりっと働いた。このふたりは、なにかとんでもない秘密を打ち明けようとしている。そんな気がした。孝冬を見れば、彼もそう感じてか、表情をこわばらせている。

「申し訳ないというのは、おふたかたが亡くなったことで？」

泣いて詫びねばならぬことといったら、それであろう。鈴子はそう思い問うと、ミエと菊は青ざめた。

「あのおふたりは――海で亡くなられたのでしょう」心中した、とは孝冬の前で口に出しかねて、そう言った。「それでどうして、あなたたちが謝るのかしら」

ミエはがっくりとうなだれ、口を開いたのは菊のほうだった。

「うちが悪かったんです。あの日、みんなで浜に出かけて、遊んで、うち――洞窟のほうに行ってしもたんです」

「……神社の洞窟です」

ミエが心を決めたように手拭いで顔をしっかり拭い、洟をかみ、話しはじめた。

「養育院の子供らで、神社近くの浜辺に遊びに行ったんです。うちは十二、菊は八歳のときでした。花菱男爵――当時の男爵夫妻は、うちらに一緒に付き添ってくださってました。おふたりは、養育院にいらしたときはいつも、うちらと遊んでくださって……」

ミエは手拭いをぎゅうっと握りしめた。

「潮が満ちてきて、その日は波が高うて、浜で遊ぶんもそろそろ危ないちゅうて、帰ろうとしたんです。そしたら、菊がどこにもおらん。ひとりで磯遊びに夢中になっとるんちゃうかて、みんなしてさがしました。ほんでもおらんさかい、ひょっとしたら洞窟のほうへ行ったんとちゃうか、て……でも、もう満潮が近うなって、浜から洞窟には行かれへんようになっとったんです。そ、そしたら――」

ミエの瞳にまた涙が盛りあがる。泣いている場合ではないと思ったのか、手拭いで目もとをこすり、洟をすすりあげて話をつづけた。

「男爵夫妻が、自分たちが見に行くから、うちらは浜から離れて養育院に戻っとるように、て言うてくださったんです。まだ大人の足やったら浜伝いに洞窟まで行けるておっしゃって。男爵は奥様に待っとるようにおっしゃいましたけど、奥様は一緒に行きます言うて着物の裾をさっと端折られて、おふたり、洞窟のほうに向かわれました。――うちらは、男爵の言いつけどおり、養育院に戻りました。ほんでも、戻っとるうちにどんどん空が曇ってきて、養育院に戻るころには雨になってました。戻ってびっくりしたんは、菊がおったことです」

「うち――洞窟へ行ったあと、崖の階段をあがって、神社のほうへ行ったんです」

菊が肩を震わせ、言った。「道にしめ縄が張ってあって、通ったらあかんとこやったんや、て思て、叱られんよう、そうっと養育院まで戻ってきたんです。ま、まさか、ご夫妻が洞窟に向かっておられるとは、思いもせんと――」

「びっくりして、うち、副院長先生……院長先生の奥様です、そのひとに、男爵夫妻が洞窟におるて、言うたんです。副院長先生は、それ聞いてすぐに飛び出して行きました。こんな雨降っとるのにたいへんや、て血相変えて。そのうち、院長先生やほかの先生や、いろんな大人のひとが行ったり来たりで、どこかに電話もかけとって、なんや、えらいことになってきた、思て……」

ミエは菊をちらと見る。

「怖なって、菊をさがしに行ったとは、言い出せんかったんです。あのときの子供らは、みんな菊より小そうて、ようわかっとりませんでした。うちがいちばん、年上で……いちばん、ほんまはちゃんと、説明せなあかんかったのに……ほんで、男爵夫妻は亡くなられたと、うちらは翌日になって聞かされました。くわしいことは、なんも聞かされませんでした。いえ、こんなん言い訳ですけど……ご夫妻が心中なさったとひそかに言われとることは、何年もしてから知ったんです」

心中、と口にして、ミエはぶるりと震えた。ふたたびミエは手をついて、額を畳にこすりつけた。

「申し訳ございません！　ご夫妻が亡くなったのも、不名誉な噂が立ったのも、ぜんぶ、うちがちゃんとせんかったせいです。うちのせいです。ほんまに、ほんまにお詫びのしようもございません」

菊もまた、ミエのかたわらで額ずいた。

「いいえ、もとはといえば、うちのせいなんです。うちが洞窟なんか行ったばっかりに。みんなと一緒におったらよかったのに。あとで言いださんかったのも、怒られるのが怖かったからです。怒られて、きっと養育院を追い出されると思いました。そうなったら、もう、生きていけへん……ほやさかい、黙って……ずっと黙って……」

ごめんなさい、と菊は何度もくり返した。

鈴子は凍りついたように口が動かなかった。なにを言えばいいのかわからない。ふたりを慰めるのも、責めるのも、鈴子がやることではない。しかし――。鈴子は孝冬を見た。孝冬もまた、固まっている。こわばった表情で、ミエと菊を見おろしている。彼になにか言葉を求めるのも、酷に思えた。きっと混乱しているだろう。

やはりわたしがなにか言うべきか――と口を開きかけたとき、孝冬が声を発した。

「それは、君たちの考え違いだ」

驚くほどやわらかな声音だった。ミエと菊が、驚いたように顔をあげる。

「いいかい、君たちは当時子供で、私の両親は大人だった。大人は子供の身を守らなくてはならない。そういう役目を背負っているんだ。だから、菊さんをさがしに行くのは当然のことだし、満潮が近づいて危険だということも、わかったうえで洞窟を見に行ったんだ。それが役目だからだよ」

　孝冬はミエと菊の顔を覗き込むようにして、やさしく語りかける。

「いま、きっと君たちは成長したいまの考えで当時をふり返っているだろうけれど、子供のやることなんて突拍子もないのが当たり前だし、分別《ふんべつ》のある判断なんてできるものじゃない。いまの考えで、小さな子供だったころの自分たちを責めるのは、やめなさい。それは私の両親にとっても、まったく本意ではないだろうからね。君たちが苦しんでいるほうが、浮かばれないだろう」

　ね、と孝冬はふたりに笑いかける。

「両親のことを思ってくれるなら、どうか、自分を責めずに生きてほしい。両親も、そう願っていると思うよ」

　孝冬はミエと菊の肩を、励ますようにたたいた。ふたりは、わっと泣きだした。

「今日は話してくれてありがとう。——お菓子でも食べて、ゆっくりしていきなさい。用意するから」

　そう言って腰をあげ、孝冬は座敷を出て行く。鈴子はそのあとを追った。

「……孝冬さん」

孝冬はふり返る。穏やかな顔をしていた。

「他人のことならよく口がまわるとお思いでしょう」

と、孝冬は笑う。「実際のところ、自分を責めているのは私もおなじですからね」

鈴子は黙って孝冬の顔を見つめた。そこにある心情を読みとりたかった。

「他人にはああ言えるのに……彼女たちだって、私にああ言われても、きっと、自分を責めるのはやめられないでしょう」

「……でも、きっと、いくらか胸のつかえがとれているには違いないと思います」

孝冬は素直にうなずいた。

「私もです。私も、彼女たちの告白を聞いて、いくらか気持ちが救われましたから」

彼はずっと、自分が原因で両親が心中したと思っていた。自分を責めていたのだ。

「両親が死んだことには、変わりないのですがね。私は薄情でしょうか」

鈴子は孝冬の手をとった。孝冬が、泣きだしそうに見えたからだ。だが、孝冬は泣くことなく、微笑した。

鈴子はそのまましばらくじっと、孝冬の手を握っていた。

夕陽が海辺を照らすころ、鈴子と孝冬は離れを訪れた。ミエと菊の話を、吉衛と吉継には話しておいたほうがいいのでは、と考えたからだ。吉継はまだ神社にいるので、吉衛のもとをさきに訪れた。

吉衛は縁側に座り、庭を眺めていた。桔梗の絵が描かれた団扇を手に、浴衣姿であぐらをかいている。さきほどまで横になっていたのだろう。障子を開け放した座敷に布団が敷きっぱなしだった。

「体の具合はどうです？　なにかお持ちするものはありませんか」

孝冬が問うと、吉衛はうるさげに団扇をふった。

「いらん。元気やのに、医者は大げさでかなわん」

「用心するに越したことはありませんよ。お大事になさってください」

吉衛はじろりと孝冬を見あげた。

「わざわざ見舞い言いに来たわけとちゃうやろ。なんの用や」

孝冬はひとりぶんほどのあいだを空けて吉衛のそばに座り、鈴子はその隣に座った。

「さきほど、花祥養育院の者が来まして——」

孝冬はことのあらましを語った。孝冬の両親が菊をさがしに洞窟へ向かったこと。ミエと菊はそれを誰にも話せずにいたこと。両親は心中ではないこと——。

話し終えると、吉衛は、ふんと鼻を鳴らした。

「そんなことを言いに来たんか」

「両親は大叔父さんにとって甥と姪ですし、いちおう報告をと思いまして。よけいなことでしたら、すみません」

「そういうことやない」

吉衛は苛立ったように団扇で膝を打った。

「そんなんは、とうにわかっとる」

「え？」

「あのふたりが心中やないことくらい、わかっとるわ。わしも吉継も。そら、子供をさがしに行ったたちゅう理由なんかは知らんかったが。あのふたりは心中なんかせん。春実も芳乃も、なにがあってもそんな真似はせん。わかっとるわ」

早口にそう言い、吉衛は孝冬をにらんだ。「なにを当たり前のことを言うとるんや。あほか」

孝冬は呆然《ぼうぜん》として、口を開いたまま言葉が出てこないようだった。

「お言葉ではございますが――」

鈴子は孝冬に代わり、ずいと膝を進めた。

「それならそうと、なぜおっしゃってくださらなかったのですか。孝冬さんはずっと、ご両親が亡くなったのは自分のせいだと責めてらしたのですよ」

まっすぐ吉衛の目を見すえると、吉衛は不快そうに顔をしかめた。

「あんたは、ものをはっきり言う嫁やな。うしろにさがっとれ。出しゃばりは好かん」

「好いてもらわずともけっこうでございますが、質問にはお答えいただきたく存じます」

吉衛は、ハッと笑った。

「江戸のおなごは丸みがのうて、無駄もないのう。好悪と実利は別か。吉継とは気が合いそうやが。まあ、ええ。――心中やと、そういう噂が立っとるんは知っとったが、孝冬までそれを信じとるとは思わんかった。そもそも噂を知っとるかどうかもわからんかった。知らんかったらわざわざ知らせることになるさかい、話題にもできんかった。こんなところや」

鈴子は吉衛の言葉を胸のうちでくり返し、

「つまり、気を遣っておられたのですか」

と確認した。

「そう解釈するんけ？　面倒やっただけや」

吉衛は団扇に目を落とした。描かれた桔梗を眺めている。

「面倒で避けてきた。そうせんと、泥沼や。わかるやろ。腹割って話し合うたら、どこまでもつらい。わしかて、そうきつい思いはしたないんや」

吉衛の姿が、ふいに小さく見えた。

「芳乃は家内の妹の忘れ形見でな。家内の妹は芳乃が小さいときに亡うなってしもて。うちで引き取ってもよかったんやが、まあ、父親の家も廻船問屋で裕福でのう、無理に引き取る理由もなかったさかい、あちらで育った。ほんでも、家内もわしも芳乃はかわいて、祝い事にはいつも贈り物をようけ贈って、芳乃もこの家によう遊びに来たもんや。――そうやって縁を作ってしもたせいで、淡路の君に見つけられてしもたんやろな。遠ざけとったら、そんなことにはならんかったかもしれん。どこぞべつの家へ嫁いで、いまも元気に……春実も……」

吉衛は顔を背け、はあと息を吐いた。団扇で膝をたたいて、洟をすする音をごまかす。

「兄貴は屑《くず》や。ひとの心がわからん屑や。ぜんぶ、めちゃくちゃにしよった」

「わたしもそう思います」

同意すると、吉衛はハハッと笑った。

「小気味ええな。――兄貴はな、取り憑かれとったんや」

鈴子は首をかしげる。「淡路の君に、でございますか？」

「いんや」と吉衛は頭をふる。「妄執《もうしゅう》やの。維新の妄執」

「維新の妄執……？」

「幕末のあのころは、わしらも若かった。稲田《いなだ》騒動は知っとるけ？　明治になってからの事件やけどの。知らんか。稲田の家臣が蜂須賀《はちすか》の家臣どもに虐殺された」

「蜂須賀というと、侯爵家の……」

「旧幕時代、淡路島は阿波の領地で、藩主が蜂須賀家でした」と孝冬が説明する。「城代が稲田氏です。稲田氏はほとんど一大名のようなものでしたが、身分としては蜂須賀家の家老ですから、その家臣となると蜂須賀家の家臣より一段低くなる。維新後に蜂須賀家の家臣は士族になりましたが、稲田家の家臣はそれより下の卒族となった。それが騒動のもとで――」

「まあ、揉めたあげくにひどいことになった、てことや。本題はそこと違てな。稲田家は本藩の蜂須賀と違て熱心な勤皇派で、倒幕運動にも加わっとった。それに影響されてか、兄貴も勤皇派やったし、倒幕に加わりたがったひとやった。当時は、神社の者でもそういうんがおったしな。ほんで、明治になってからは神道改革に熱心になった、ちゅうわけや」

　取り憑かれたていうんはそれや、と吉衛は皮肉げに笑う。

「孝冬は知っとるやろうけど、明治になって、ここらには大国隆正の息のかかった者が神社の神職として送り込まれた。大国は津和野の国学者や。いまの神道政策は、この大国をはじめとする津和野派の思想に沿っとる」

前に孝冬から聞いた話だ。鈴子はうなずいた。

「兄貴は喜んで協力した。新しい神道の中枢に近づきたかったんや。神仏を分離して、神社を統一された祭祀の場に再構築して、天皇の祭祀を津々浦々まで行き渡らせる。神社はそれまでなかった祭祀を行うよう強制されて、小さい神社はつぶされた。そうせんと、神道は雑多でばらばらやさかい。皇室祭祀と伊勢神宮を要にして、神社を統一したかったんや」

「それに反対していたのが、父や兄ですよね」

と、孝冬が言う。

「そうや。そらそやろ。神社にはそれぞれ昔から大事にしてきた祭祀がある。それを押しやって、今度からはこっちを中心にせい言うて祭祀を押しつけられても困る。ただの容れ物になれて言われとるんと一緒や。天皇のために統一される祭祀の容れ物や。そんなことしたかて、西洋のキリスト教みたいにはならんやろ」

吉衛は苦々しい顔をする。

「ほんでも、兄貴は春実の言うこともわしらの言うことも、まったく聞こうとはせんかった」

そうして行き着いたさきに、孝冬の存在がある。

吉衛は嘆息して、一度口を閉じた。団扇を扇ぐでもなくゆらゆらと揺らして、手もとを見つめている。

「兄貴が死んでから、春実も実秋も、村の小さな社やら祠やら、つぶされんよう守ったりしとったわ。ほんでも、流れていうのはな、変えられへんもんやけど……。教派神道の教会に足を運んで話をしたり、警察と揉め事があれば取りなしたりもしてな」

「そうなんですか」孝冬は知らなかったようで、驚いた顔をしていた。

「どっちか言うたら、実秋のほうが熱心やったわ。神道やのうても、宗教全般に関心があって、小さい教会やらその辺の行者やらにも心を砕くようなやつやったのう」

懐かしむように吉衛は遠い目をした。

「港町に、燈火教てあるやろ。小さい教会やけど。あそこはもともと民家やったんを、燈火教が買うて分教会の会所にしたんや。その仲介をしたんが実秋でな」

鈴子は息を呑んだ。孝冬も目をみはっている。

――実秋さんが、燈火教に便宜を図っていた……。

いや、それはほかの教派神道の教会とかかわるのとおなじ程度のことだったのかもしれない。しかし、思いもよらぬつながりだった。

「……そうでしたか」

孝冬は難しい顔で考え込んでいる。それを吉衛はどう受けとったものか、「実秋はな、なんかに悩んどるふうではあったんや」と言った。

「もっと話を聞いてやれたらよかったんやけどのう。この歳になると後悔することばっかり、何遍も思い出すわ」

吉衛はさびしげに背を丸めている。その姿に、はじめて会ったときのような厳《いか》めしさはなかった。

「孝冬」

吉衛は顔をあげ、孝冬のほうを見た。

「言うまでもないと思て、いままで言わんかったが、言うとくわ。ええか、兄貴は屑やった。そら間違いない。ほやけど、おまえは兄貴とは違う。屑やない。間違えんときや」

吉衛の声音は嗄れてきつく聞こえ、親しみを感じさせるものではない。だが、言葉には親身な労《いたわ》りがあった。

「堂々と顔あげて、明るい道を歩いていったらええ。そっちの嫁さんと一緒にな」

孝冬は膝に置いた手にぎゅっと力をこめ、

「……はい」

そう答えて首を垂れた。鈴子もその隣で手をつき、吉衛に向かって頭をさげた。

翌朝、鈴子と孝冬はふたたび宇内家に向かうため、港から船に乗った。何度も乗せてもらっている船である。船長とも気心が知れてきて、手みやげに菓子を渡すと相好を崩した。酒より甘い物が好きなひとなのだ。

「また江井へ行きなさるんで？　江井の港に着けたらええんですか」

「ああ、頼むよ。悪いね、何度も」

「いやいや、これもええ商売になりますわ」

船長はからりと笑う。

空はいくらか雲に覆われているが、風はゆるく波も穏やかだった。船で行くとなると天候の急変が気になるところだが、今日は大丈夫だろうと船長は言う。

「夕立くらいはあるかもしれんけど、そんなんはすぐやみますさかい。帰りは、そう遅うならんのですやろ？」

「午前中に戻るつもりだよ。江井の宇内家へちょっとあいさつに行くだけだから」

「ほお、宇内の……」

船長がすこしばかり妙な顔をした。なにか屈託のある顔だ。

「宇内のご当主とは、面識が？」

「いや、直接会うたことはないですわ。ただ、漁師のあいだで言われとる話があったもんやさかい」

へえ、と孝冬は興味を引かれたように船長のほうに向き直る。「どんな話？」

「こんな話をしてもええんやろかと思いますんやけど……」

船長は言いにくそうに孝冬の顔をうかがう。

「ということは、よくない話だね。いまのご当主は評判が悪いのかい」

「いやあ、いまのご当主はどんなひとかも知らん。昔の話ですわ。因縁話て言うたらええんか――」

「ああ、あの家の祟りの話かい？　それなら知ってるよ」

地元の者には知られた話なのだろうか、と鈴子が思っていると、船長は拍子抜けしたように「なんや、知っとったんですか」と笑った。

「ほんなら、おくまの恨みも知って――」

「え？」と孝冬だけでなく鈴子も身を乗りだした。船長も「え？」ときょとんとする。

「『おくまの恨み』って？」

「そら、祟りの原因ですわ。因果応報の話ですさかい。そっちは知らんのですか」

孝冬と鈴子がうなずくと、

「おくま、ちゅうのは宇内家の何代も昔の当主の妾《めかけ》で、金を持っとった。当主はその金で商いを大きゅうしたけど、そのうち邪魔になって、殺して庭に埋めた。その祟りで当主は代々、長生きできんし、男児も跡継ぎ以外は育たへんようになった。そう言われとるんです」

船長の話は、原因のほうはわからないが、祟りに関しては宇内家で聞いたのとまったくおなじであった。

「よくあるような話だなあ」と孝冬は笑う。「旅の行者を殺して金を奪って裕福になった、という話の類型じゃないかな」

「ほんでも、あの家の当主が長生きせんのも、跡継ぎ以外育たへんのも、ほんまです」

船長が反論する。「跡継ぎだけ残るんは、滅ぼさずにずっと苦しめるためやて」

「いやな話だね」

孝冬はそれだけ言って、話を終わらせた。

どこまでほんとうの話なのだろう。鈴子には判断のしようもない。おそらく祟りの原因をあれこれ推察した結果なのだろうが、そうしたものはおおよそ『当主にひどい目に遭わされて死んだ者の恨み』だとされるものだ。宇内家で『おくま御前』を祀っているところから、そんな話がまことしやかに噂されるようになったのだろうか。それとも、真実を言い当てているのだろうか。いや、そうであるなら、宇内の当主が知らぬわけはない。彼は祟りの原因はわからないと言った。

――それが嘘だったら？

船を降り、宇内家に向かう。港周辺は活気があるが、宇内家に近づくと静けさが迫ってくる。にぎわいが遠い。家から物音がしないとかひと通りがないとか、そういうことではない。屋敷全体が、陰鬱に息を潜めている。そんな雰囲気があった。祟りがあると思うから、そう感じるだけかもしれない。

「……孝冬さん、宇内家にお邪魔したら、ひとつだけ、試してみたいことがあるのですけれど」

屋敷の門を見あげ、鈴子は言った。

「どうぞ、なんなりと」

孝冬は試したいことの中身も聞かず、軽く笑ってそう言った。

孝冬が持参した島神神社の厄除け札を、宇内はうやうやしく受けとった。身のこなしには力がない。最後の頼みだった孝冬にもお祓いを断られて、意気消沈しているように見える。

鈴子と孝冬は昨日とおなじ座敷に通されて、宇内と相対していた。

——やっぱり、においがする……。

淡路の君のにおいが、ふうと香る。しかし現れはしない。だが、においがすることには意味があるのではないか。鈴子はそう思った。

「宇内さん、不躾《ぶしつけ》ながら、屋敷内をすこし散策させてもらえませんか」

孝冬の提案に、宇内は当然ながらぽかんとした。「散策、ですか……？」

「もしかすると、屋敷内に祟りの元凶があるのやもしれない、と思いまして。念のために」

はあ、と宇内はさして期待する顔も見せず、「どうぞ、ご自由になさってください」となかば投げやりに言った。それでも腰をあげ、屋敷のなかを案内してくれる。

「商売で儲かるごと、増築をくり返しましてね……」

と、宇内は縁側を歩きながら奥にある茶室や向かいの離れを指さして説明した。

母屋を外れ、渡り廊下にさしかかると、鈴子は足をとめた。

——においが薄れた。

こちらではないのだ。鈴子はきびすを返す。孝冬もそれにつづいた。宇内はあわてて引き返してくる。

「どちらに――」

「母屋のようですね」

孝冬はそれだけ言い、あとは黙った。宇内も緊張した面持ちで口を閉じる。

鈴子は漂う香りに集中する。これは淡路の君からの指示ではないか。そう感じていた。同時に、胸中は複雑になる。

淡路の君が向かわせるさきには、死霊がいるのではないか。それを食いたくて、そこへ導いているとしたら、鈴子はむざむざ、哀れな死霊を彼女に捧げることになってしまう。

だが、もしそれでこの家を蝕《むしば》む祟りが消えるのであれば……。

それなら、食ってもらえばいいのだろうか。そんな取捨選択を、すべきなのか。これは害があるから淡路の君に食わせる。あれは食わせない。それはひどく手前勝手なふるまいに思えた。神のごとき所業だ。

――おそらく花菱の当主は、そうやって淡路の君を使ってきた。

古今、権力のもとには非業の死がつきまとう。恨みを呑んで死んだ者は、怨霊となって権力者に祟る。彼らは躍起になって陰陽師に頼り、密教僧に頼り、なんとか祟りを払い除けようとしてきたではないか。己が踏み潰した者たちが死して牙を剝くことを、彼らは恐れたのだ。

それを祓うことができるのであれば、花菱家は権力者に重宝されたはずだ。

――淡路の君は……。

利用されてきたのか。

鈴子がいま、そうしようとしているように。

祟りが消えるのであれば、それで救われる命があるとすれば、鈴子はそちらをとるしかない。暗澹《あんたん》たる思いで胸が塞ぐ。

鈴子は、はっと視線を落とした。手にぬくもりが触れたからだ。孝冬の手が、鈴子の手を握っていた。顔をあげると、孝冬がすぐそばにいて、鈴子を見おろしている。孝冬はほのかに笑みを浮かべ、小さくうなずいた。大丈夫だ、と言われているようだった。

「あなたが私にそうしてくださったように、あなたのつらいとき、私は必ずそばにいます」

孝冬はそう、ささやいた。鈴子の胸にかぶさっていた薄暗い幕が、さっと取り払われた気がした。

「このさきには、納戸しかありませんが――」

追いついてきた宇内が困惑した顔で鈴子と孝冬を見る。廊下を曲がったさきに納戸があった。廊下はひとつの窓もなく、薄暗い。母屋の端にあるここには、家人でさえそう近づきはしないだろう。

ぐっと、あの香りが濃さを増した。

――ここだ。

孝冬が引き戸に手をかけ、ひと息に開いた。なかは暗く、目が慣れるのにしばらくかかる。何度かまばたきをくり返していると、次第に六畳ほどの狭い室内の様子が見えてきた。積まれた行李に、簞笥《たんす》に、棚にあるのは帳面や、雑多に玩具を詰め込んだ箱など。埃と黴のにおいがするが、それよりも淡路の君のにおいが強い。しかし、目を凝らしてみても幽霊の姿はない。孝冬がなかへと足を踏み入れて、鈴子もそれにならう。埃っぽい納戸だった。手拭いで鼻と口を覆う。

「――宇内さん。この奥はなんです？」

孝冬が納戸の奥で立ち止まり、そう尋ねた。

「奥って……ご覧のとおり、壁ですが」

孝冬の目の前にあるのは、ざらついた土壁である。しかし孝冬は厳しい顔つきで壁をにらんでいる。鈴子もその壁の前に立って、気づいた。

――においが強い。

この壁の一角が、一段とにおいが濃いのだ。鈴子は恐るおそる、手を伸ばして、壁に触れた。ひんやりとしている。手のひらを押しつけると、土のざらざらとした感触があった。唐突に、その土壁がぼこりと盛りあがったような気がして、鈴子は手を離した。壁に変化はない――そう思えたが。

お香のにおいがいっそう濃さを増す。それを感じとったときには、すでに淡路の君が姿を現していた。

ビシッと木が割れるような音が響き、壁に大きな亀裂が走る。孝冬が鈴子を引き寄せ、頭を押さえてしゃがみ込ませた。孝冬の腕の陰から、鈴子は見た。

壁から、にゅう、と出てきたものがある。手に見えた。痩せさらばえた、土気色をした手だ。手だけであるのに、不思議と、女の手だと思った。

もう片方の手も出てくる。手はなにかをさがすようにうごめき、宙を掻《か》いたあと、頭が現れた。日本髪を結った頭に、蒔絵《まきえ》の美しい櫛を挿している。その細工が宝尽くしの文様であるのが、妙にくっきりと見える。女の顔は白かった。白粉を厚く刷いた顔だ。やつれて美しいとは言いがたい顔の、双眸は閉じられている。その目が開かれた。と思った瞬間、女の顔がひどく歪み、まなじりは吊り上がり、額が盛りあがる。目が飛び出んばかりになり、額の盛りあがりは角となる。女は悪鬼へと変貌した。

大きく開けた口から牙を剝き出しにして、悪鬼は襲いかかった。淡路の君へと。

鈴子は淡路の君の横顔を見た。長い黒髪が風に吹かれたように舞いあがり、美しい赤い唇にはかすかな笑みが浮かんでいる。袖が翻り、両手を広げ、悪鬼を抱え込んだ。

轟音《ごうおん》が鳴り響いた。それは絶叫のようでもあった。血のほとばしるような、かなしげな悲鳴だった。

土埃が舞い、鈴子は咳き込んで目を閉じる。あたりが静まりかえり、埃も収まったころ、鈴子は目を開けた。

壁が崩れ落ちていた。さほど厚い壁ではなかったらしい。その壁の向こうには、二畳ほどの広さがあり、そこに、人形があった。

古ぼけた木偶《でく》だった。塗りは剝げ、本体も着物も虫食いがひどく、もとの姿がわかりにくい。だが皺の造作やいくらか残った白い髪からすると、老人を現した木偶であろうと思われる。

木偶は横向きに倒れていた。もとは布で包まれていたようだが、そこからまるで這い出たような形で外に出ている。布にはびっしりとお経のようなものが書かれていた。それだけでなく、周囲の床と言わず壁と言わず、御札が貼りつけられている。異様な有様であった。

「……これは……」

　孝冬も即座に説明しがたい様子で、眉をひそめている。宇内はとふり返れば、腰を抜かしてへたり込んでいた。青い顔でぱくぱくと口を動かしている。

「旦那様、どうなされました」そんな声とともに、廊下の板間を軋ませ、走ってくるひとたちの足音がした。この家の使用人だろう。彼らは納戸に辿り着くと、絶句していた。

「鈴子さん、怪我はありませんか」

　われに返ったように孝冬に尋ねられて、鈴子はうなずく。孝冬は立ちあがり、木偶を手にとる。

「は、花菱さん――」まだ腰が抜けているらしい宇内が這って近づいてくる。「その人形は、いったい」

「翁《おきな》の人形ですね。木偶廻しが正月に使うものでしょう」

　孝冬はふり返り、宇内に木偶を見せた。

「これがなにか、心当たりはまるきりありませんか？」

　宇内は言葉につまり、木偶を凝視する。

　孝冬は木偶を布で包み直して、宇内に差し出す。

「私の推測ですが、何代前かの宇内家の当主のかたわらに、『おくま』という木偶廻しがいたんでしょう。巫女を兼ねた木偶廻しだ——おそらく盲目の。昔から三条には道薫坊廻《どうくんぼうまわ》しがいましたが……ああ、道薫坊廻しというのは木偶廻しのことです」

孝冬は鈴子に向かって言った。「淡路島でしか言わないようですね。道薫坊は人形の元祖だとか」

ふたたび宇内に顔を戻す。宇内は差し出された木偶を受けとろうとはせず、ただ怯えたように見つめていた。

「道薫坊廻しの妻は巫女を生業《なりわい》としていたそうです。木偶廻しと巫女は古くからかかわりが深いものですが、『おくま』はそうした巫女のたぐいだったのでしょう。当主は彼女のご神託だか予言だかに従い、商いを成功させたんじゃありませんか」

宇内は青い顔で黙り込んでいる。孝冬は彼の手に木偶を抱えさせた。宇内は小さく悲鳴をあげてそれを放りだす。鈴子は木偶を拾いあげ、とれかけた布を直した。

——おそらくこの人形を持っていた巫女、おくまは死んだ。それもひどい死にかたで。

その祟りが代々、宇内家にふりかかっていたのではないだろうか。

鈴子の脳裏にはさきほどの悪鬼が浮かぶ。きっとあれがおくまのなれの果てであろう。

「き……聞いた話です。父から。父も、祖父から聞いたと……聞いただけですから、どこまでほんとうかは、わかりません」

　宇内は唾を飲み込み、汗を浮かべて、ようやく話しだした。

「何代も前の当主が、おくまという盲目の巫女をどこからか連れ帰ってきて、商いの助言を乞うようになった。その助言がことごとくよく当たり、商いは大きくなった。宇内家は村でも一、二を争う分限者になったが、そのうち当主はおくまを疎《うと》んじるようになった。なぜかと言えば、おくまが当主に正妻にしてくれとしつこくねだるようになったから――」

　おくまのおかげで富を得たが、しょせんは下賤《げせん》な巫女風情。正妻になどとんでもないと当主は考えていた。そのうち、しびれをきらしたおくまは「妻にしてくれぬのであればこの家を呪う」と言いだした。

「呪われてはかなわぬと、当主はおくまを妻に迎えると約束しました。そして……」

　言いにくそうに宇内は視線をさまよわせる。鈴子の手にした木偶が視界に入り、あわてて目をそらした。

「おくまの目が見えぬのをいいことに、母屋の一室に閉じ込め、女中たちには正妻扱いをさせて、騙したんです」

　宇内はうつむき、そう吐き出した。

「母屋の一室――まさか」

鈴子は納戸のなかを見まわす。

「たぶん、ここです。もう、はっきりとはわからないと聞いてましたが……」

「そして、ここで死んだ？」

孝冬が訊くと、宇内は汗を額ににじませ、うなずいた。

「伝聞では、毒を飲ませたとも、首を絞めたとも言いますが、なんにせよ、当主が殺した、と。――すみません、こんな話、たとえ言い伝えでほんとうかどうかわからないとはいえ、とても口には出せず……昨日は、お話しできませんでした」

宇内は床に手をついて謝った。

それにはとくに言及せず、孝冬は「死んだあとは、どうしたんです？」と訊いた。

「おくまの亡骸は庭の隅に埋めたと……あの祠の場所です。祟りがあってあの祠は作られたそうです。それから、木偶は封じたと」

「封じた？」

「はい。どこへかは知りませんでしたが、おくまの死後、捨てても戻ってくる、焼こう、壊そうとすると怪我をするとかで、封じたと聞かされました」

鈴子は布に包まれた木偶を見おろす。

孝冬は、「封じられてはいなかったようですね」と言った。「祟りの本丸はこの木偶ですよ」

おくまの死霊は、この木偶に憑いていたのだろう。経文も御札も彼女を閉じ込めることはできなかった。生前のようには。

「閉じ込めたことで、かえっておくまの怒りを買ったのではないかと思いますね。おくまは悪鬼となって宇内家に祟った。すさまじい怨霊というのは御霊神として祀られもします。『おくま御前』はそうした屋敷神となった——祟る荒神です」

だが、その荒ぶる怨霊も、淡路の君が食ってしまった。淡路の君は、荒神さえ食ってしまえる、ということだ。

——はたしてそんなものを、祓うことなどできるのか……。

「木偶は私のほうでお祓いします。それでもう大丈夫でしょう」

えっ、と宇内は顔をあげる。「大丈夫、と言いますと……」

「祟りはなくなると思いますよ」

宇内は、ぽかんと口を開けた。

「私どもはこれで失礼します。では」

呆然と座り込んだままの宇内を残して、使用人たちのあいだを抜け、孝冬と鈴子は納戸を出る。そのまま宇内家をあとにした。

「木偶は神社に持っていきましょう。もうおくまさんはいませんが、彼女のためにも焚きあげたほうがいいでしょうから」

孝冬は鈴子から木偶の包みを受けとり、小脇に抱えた。

「……淡路の君は、何者なのでしょう」

鈴子はつぶやく。

「おくまさんと似たような者でしょうね」

孝冬は答えた。「家に祟る御霊。彼女たちは似てますよ」

おくまは木偶廻しの巫女で、淡路の君は御巫だった。そんなところも似ている。そう思ってふと、鈴子はキヨの言ったことを思い出した。キヨは鈴子を巫女だと言った。それに、淡路の君に選ばれた花嫁は、彼女の託宣を聞く。花菱家当主に嫁ぐ花嫁は、巫女なのだ。

鈴子は立ち止まった。雷に打たれたような心地がした。

「どうして、わたしは淡路の君に選ばれたのか……」

孝冬も立ち止まり、ふり返る。「どうしました？」

「淡路の君は、どうして花嫁を選ぶのか……」

「鈴子さん？」

「淡路の君は、花菱家の娘だったひとではないわ」

鈴子は孝冬を見あげた。

「彼女もまた、花菱家の花嫁だったのよ」

湊へ向かう船中でも、湊へ着いてからも、鈴子は黙り込みがちだった。考えている。淡路の君のことを。

淡路の君が花菱家の嫁だと思ったことに、根拠があるわけではない。勘だ。淡路の君が御巫で、鈴子が巫女であるなら、おなじ立場だったのではないかと思ったのだ。だから彼女は花嫁を選ぶ。そういうことではないか。

加えて、もうひとつ。

「――孝冬さん」

花菱家の屋敷に向かう坂道を歩きながら、鈴子は口を開いた。

「なんです？」

「孝冬さんのお母様もお祖母様も淡路島のかたでいらしたでしょう。たぶん、その前もずっとそうなのではないかと思うのですが」

「まあ、そうそう島外に出なかったでしょうからね、明治までの当主は。そうなると当主に憑いている淡路の君は、必然的に当主の行動範囲の内から花嫁を選ぶことになりますから」

「彼女が淡路島の御巫だったように、花嫁も淡路島の者から選んでいるということはないでしょうか」

孝冬は不思議そうに鈴子を見た。

「偶然じゃありませんか。現に、あなたは東京の――」

言いかけて、あっ、という顔になる。

「もしや、実はこの島の出身だとでも？」

「いえ、わたしは東京で生まれ育ったと思っています。ただ、母親についてはその故郷がどこかさえも知らないのです」

「亡くなったお母さんが、淡路島の出身だったかもしれないと？」

「そうかもしれませんし、そうでないのかもしれません。たしかめるすべはありません。……案外、わたしと淡路の君の根っこは、近しいのかもしれない、そう思って……」

「なるほど」

言って、孝冬は何事か考え込んでいる。屋敷が見えてきた。門の前に誰かいる。背の高い、陽に灼けた青年――あれは幹雄だ。幹雄は鈴子と孝冬に気づくと、あわてたように駆けよってきた。

「どうかしたんですか、幹雄さん。そんな急いで」

「孝冬くん、母さんを見んかったけ？　港とか、町なかで」

「いいえ」と孝冬は答え、鈴子を見る。「わたしも見ておりません」と鈴子も答えた。

「運転手の副島は？」

そう尋ねる幹雄の顔は引きつっている。いやな予感がした。

「そちらも見てませんが──どうしたんです、そのふたりが」

「書き置きがあった。はは、さすがにわしも驚いとるわ」

幹雄は乾いた笑い声を立てた。

「書き置き──」

「母さんの書き置きや。副島と駆け落ちするて」

孝冬も鈴子も、啞然《あぜん》として声もなかった。

屋敷のなかは、騒然としていた。

「吉継はまだか！　はよ、呼んでこい」

吉衛がいらいらと玄関の上がり框《かまち》で足踏みしている。

「もう神社のほうに使いを出したさかい、落ち着いてや。心臓に悪いで」

かたわらで富貴子がなだめていた。

「港にも使いを出して、喜佐と副島を見つけたら船には乗せんとつれてこい、て知らせえ。あと警察に――」

「祖父様、落ち着きや」幹雄もなだめる側に加わる。「そんなんしたら大事になって、母さんかて戻りづらくなるやろ。醜聞《しゅうぶん》にもなってまう」

「あほ！」吉衛は叫んだ。「呑気なこと言うとる場合とちゃう。心中でもされたらどないすんねん。世間知らず苦労知らずの喜佐と元運転手で、うまくいくわけないやろ。早晩、列車に飛び込みかねんわ」

そう言われて幹雄も富貴子も青ざめた。「まさか」とつぶやくが、良家の男女と身分違いの恋人の心中事件は、折々新聞をにぎわせている。

「副島のあほうめ、恩知らずが――」

そう声を張り上げた途端、吉衛はうめいて、その場に膝をついた。青ざめた顔に苦悶の表情を浮かべている。孝冬があわててその体を支えた。

「大丈夫ですか。横になりましょう、大叔父さん」

吉衛はなにか言い返そうとしたようだったが、もはや声が出ていない。青白い顔で、胸を押さえて苦しげな呼吸をくり返していた。

心臓の発作か、とその場の全員に緊張が走り、

「そこの座敷にお布団敷くわ」

富貴子が玄関そばの座敷に飛び込む。女中を呼び、ばたばたと動き回る音がする。

「医者を呼んでくる」

と、幹雄が玄関を飛び出そうとしたとき、玄関の戸が開き、吉継が帰ってきた。幹雄がほっとした顔を見せた。

「父さん──」

「事情は聞いた。布団敷いたか？　ほな、そこへ父さんを寝かせて。どうせこんなことやろうと、先生に来てもろたさかい」

吉継の背後に、以前玄関先で遭遇《そうぐう》した医者がいた。帰ってくる途中で医者もつれてきたらしい。てきぱきと指示する吉継に、孝冬も鈴子もいくらか驚かされた。いままで吉衛のかたわらで、口を開くこともすくない吉継の姿しか知らないからだ。幹雄は意外そうにしてはいないので、鈴子たちが知らなかっただけなのだろう。

「警察へはまだ知らせんでええ。港のもんにはもう知らせても遅いさかい、そっちもええ。京都の実家には、あとでわしから知らせとくわ。たぶん、京都の親戚のとこにでも向かっ

たんやろ」

吉継は淡々と言い、寝かせた吉衛のそばに腰をおろす。

「ほやさかい、心配せんでええ。ちょう寝ときや、父さん」

吉衛は吉継のほうを見あげ、うめくように返事をして、うなずいた。吉衛が目を閉じ、寝息を立てはじめると、吉継の顔には憂いの翳がさした。吉継の向かいで吉衛の脈をとっている医者は、難しい顔をしている。座敷に暗く重い帳《とばり》がおりてくるようだった。

鈴子は孝冬を見たが、彼は迫り来る痛みに怯えるような顔をしていた。鈴子もまた、恐ろしかった。予感に怯えていた。

座敷の外に出た医者は、吉継に、ご家族を集めてもろたほうがいいでしょう、とひそかに告げた。

夕陽がさすころ、吉衛は息を引き取った。

「ほんまのとこ、年明けからずいぶん具合が悪うてな。ほんでも、孝冬くんが嫁さんつれてくるてなったら、しゃっきりして、張り切っとったわ。長患いすることものうて、孝冬くんにも鈴子さんにも会えて、よかったやろ。歳も歳やし、大往生や」

吉衛の葬儀を終えた翌日、離れの縁側で幹雄は言った。かたわらに煙草盆を置き、煙管《きせる》を手にしている。竹に雀《すずめ》の細工が彫り込まれた煙管は、吉衛の遺品だという。幹雄は小《お》千谷縮《ぢやちぢみ》に兵児帯《へこおび》姿でくつろいでいるが、母屋ではいまだひっきりなしに訪れる弔問客の相手を吉継が務め、富貴子も対応に追われている。

鈴子と孝冬は幹雄とともに、離れの片づけをしていた。吉衛は自分で身辺整理をすませていたようで、遺された物はすくない。お気に入りの骨董品が数点と、愛用していた煙管と煙草盆。それくらいのものだ。

「もっと話ができたらよかったんですが」

孝冬はしんみりとした様子で、空になった座敷を眺めている。

「祖父様は口下手なひとやったでのう。しゃあないわ」

幹雄は笑い、火皿に煙草を詰めると、火をつけた。軽く吸って、煙を吐く。細い煙がたなびき、上へとのぼっていった。

「父さんはあれでしっかりしとるひとやさかい、こっちのことは心配せんで大丈夫や。母さんとは離縁になるやろうけど、向こうの家がお詫びに後添えの世話させてくれてうるさいわ」

喜佐は吉継の言ったとおり、京都の実家方の親戚の家へと転がりこんでいた。副島も一緒だという。吉継は喜佐を連れ戻す気はないそうで、離婚の話が進んでいる。

「ついでにわしの縁談の世話もするて言うとるさかい、そのうち後妻と新妻がこの家にいっぺんに来るかもしれんのう」

幹雄はまるで気のない調子で言い、笑う。「まあ、祖父様の喪が明けてからの話やけどな」

「なんでしたら、私のほうで縁談相手をさがしましょうか」

「いやあ、遠慮しとくわ。どこぞの華族のご令嬢やら社長令嬢やら世話されても困るさかい」

そんな話をしていると、向かいの母屋の縁側から、

「兄さん、あんたなに知らん顔でそっちにおるん。こっちはてんてこまいやっちゅうのに！」

と、富貴子が金切り声をあげた。

「すまん、すまん」幹雄は笑って腰をあげた。「そっち戻るわ」

だが、富貴子のほうが沓脱ぎ石に置いてあった下駄を突っかけ、こちらのほうにやってきた。

「うちもちょう休むわ。ちょうど客も途切れたとこやさかい」

「なんや、ほんなら急いで戻らんでええな」

幹雄はふたたび腰をおろす。

「人手が必要でしたら、わたしもお手伝いいたしましょうか。こちらのほうは片づきましたので」

鈴子が申し出ると、富貴子は「そうやなあ」と考えるように宙を見あげた。

「お勝手のほうはタカとわかがよう手伝うてくれとるさかい、母さんの部屋の片づけをお願いしてもええやろか。片づけちゅうか、着物やら小物やらを出しといてほしいんよ」

「お安いご用ですが……出すだけでよろしいのですか？」

「それがな、聞いてや」

富貴子は思いきり顔をしかめた。

「母さんが自分の荷物を送ってくれ、言うとるらしいんよ。出るときはなんも持って出られんかったから、て」

鈴子は、「まあ……」としか言えなかった。

「なに考えとるんやろ、ほんまに。そういうもん、ぜんぶ捨てるから駆け落ちなんやろ」

「母さんらしいと言えばらしいけどのう。物への執着はひと一倍強いし、捨てるんは惜しいんやろ。ほやけど、置き場所あるんやろか、居候先に」

「知らんわ。捨てたらあとが面倒やさかい、目録作って熨斗《のし》つけて送ったるわ。駆け落ち祝いに」

富貴子ならほんとうにやりそうである。

とにもかくにも片づけようと、鈴子と孝冬は母屋の喜佐の部屋へと向かった。喜佐の部屋には着物を収めた桐簞笥が二棹もあり、押し入れには長持ちもあった。抽斗から着物をとりだし、入っていたとおりにわけておく。上段の小さな抽斗はほとんど空だった。帯留めや指輪の箱があるところを見ると、貴金属をしまっていた抽斗で、高価なものは持っていったのだろう。

「どうも私たちは、運転手との色恋沙汰に縁があるようですね」

孝冬が苦笑する。たしかにそうだ。笹尾《ささお》子爵夫人の件やら、藤園《ふじぞの》子爵の妹の件やら。

「よくあること、と言えばそうなのかもしれませんがね――」

文机《ふづくえ》を片づけていた孝冬は、言葉を切って動きをとめる。

「どうかなさいましたか」

鈴子は孝冬の手もとを覗き込む。彼は二つ折りにした紙を開いたところだった。

――えっ……。

言葉を吞む。孝冬が手にしているのは、錦絵版画だった。色鮮やかに描かれた、三面六臂《さんめんろっぴ》の神像。

「燈火教の三狐神……」

孝冬がつぶやく。そうだ、これはサンコ様だ。女神と鳥と狐の顔を持つ神である。笹尾子爵夫人や、藤園子爵の妹も信仰していた宗教、『燈火教』の神。

「まさか、喜佐さんも燈火教の信者だなんてこと……」

鈴子の言葉に、孝冬は「いえ、信者ではないでしょう」と答える。

「これは信者にとっては神像を描いたありがたい絵です。信者ならこんなふうに折りはしないし、残してもいかないでしょう」

ただ――と孝冬はつけ加える。

「副島とのあいだにあったのが、これかもしれませんが」

「燈火教信者だったのは副島で、喜佐さんに取り入り、信者にしようとして、結局駆け落ちするに至ったと？」

孝冬はうなずいた。「藤園延子《のぶこ》さんの件を思い出しますね」

藤園子爵の妹・延子に入れあげた運転手は、やはり燈火教の信者だった。もしかすると運転手が入信をすすめたのではないか、と御付女中は疑っていた。

「でも、よりにもよって社家の嫁を信者にしようとするでしょうか」

「神社と宗教はべつですから、信仰は自由です。むしろ箔がつく、後ろ盾になってもらえるとでも思ったんじゃありませんか」

「それにしても……」

花菱家はこの地の由緒ある名家である。分家とはいえ、花菱家の嫁をたぶらかして信者にというのは、あまりに危うい。下手をすれば怒りを買って、この地から追い出されることもあり得ただろう。そうはならないという自信があったのか。

「――不気味ではありますね。いやな感じだ」

「ええ」

鈴子も孝冬も、しばし黙って神像を見つめた。孝冬は無言のまま、紙をもとのように二つ折りにして、文机の文箱のなかへと仕舞った。

数日がたち、花菱家の家中も落ち着いてきたので、鈴子と孝冬は東京へ戻ることを決めた。台風が四国のほうへ近づいているらしいという予報があったためでもある。あらかた荷造りを終えて、明日の朝に出発するとなった日の夕方、鈴子は孝冬とともに島神神社を訪れていた。最後に、岬から夕陽を見ておきたかったのだ。

「ああ、きれい……」

鈴子は思わず感嘆の声を洩らす。ちょうど陽が海へと沈みかけたときで、すべてが金色に輝いている。なんという贅沢な光景だろう。

陽は徐々に海へと呑み込まれてゆく。空が金色から薔薇色、そして薄紫に、すこしずつ移ろう。上から帳をおろすように、だんだんと暗くなりはじめる。陽はとどまることなく、ぐにゃりと形を歪めて海に溶ける。

眺めているうち、ふっと、陽と翳が反転する、その一瞬を感じとる。そこを過ぎると、暗さは速度を増してゆき、翳があたりを覆う。木々に、肌に翳が落ち、薄藍に染まる。しかし陽はまだ海上に残っている。

潮風が心地よく袂を通り抜けた。波の音が静かに響き渡る。

「私はいまこのとき、はじめて夕陽を見たような気がしています」

孝冬が言った。「もちろん、これまでも夕陽など何度も見てきたわけですが」

鈴子はうなずいた。

「わかります。それほどに美しい……わたしもはじめて見るような心地がいたします」

「美しい光景をそばで一緒に見ていられるというのは、いいものですね」

鈴子も素直にそう思った。「そうですね」

その返答に孝冬はうれしさのにじんだ笑みを見せた。

「鈴子さんも、そう思ってくださいますか」

孝冬はときおり、なんの屈託もない子供のような顔をする。ふだんはどこか翳があり、笑っていても笑っていないような顔をするが。前者のときは、ただかわいらしいひとだと鈴子は思う。後者のときは、胸が痛んで、寄り添ってあげたいと思う。

そうした思いは、口にするのが難しい。言ったはしから、思っていたのとはすこし違う言葉になってしまう気がする。

「わたしは、あなたを大事なかただと思っているけれど、それはあなたの求めるものとは、違うのかしら」

聞こえるか、聞こえないかの声でつぶやく。波と風の音に紛れるかと思ったが、孝冬はちゃんと聞きとっていた。

「違うのかもしれません。私にもわからない。なにせあなたは、私の望んだ以上のものを、私にくださるので」

「ええ」

孝冬は、困ったような、それでいてこれ以上ないくらいうれしそうにも見える顔で、ほほえんだ。

光文社文庫

文庫書下ろし
花菱《はなびし》夫妻《ふさい》の退魔帖《たいまちよう》 三
著者　白《しら》川《かわ》紺《こう》子《こ》

2024年1月20日　初版1刷発行

発行者　三宅貴久
印刷　新藤慶昌堂
製本　フォーネット社

発行所　株式会社　光文社
〒112-8011　東京都文京区音羽1-16-6
電話（03）5395-8147　編集部
8116　書籍販売部
8125　業務部

ISBN978-4-334-10191-6　Printed in Japan

組版　萩原印刷

光文社キャラクター文庫　好評既刊

花菱夫妻の退魔帖	白川紺子《こうこ》
花菱夫妻の退魔帖　二	白川紺子
ドール先輩の修復カルテ	関口暁人
ドール先輩の耽美なる推理	関口暁人
営業の新山さんはマンションが売れずに困っています	タカナシ
社内保育士はじめました	貴水《たかみ》　玲《れい》
社内保育士はじめました2　つなぎの「を」	貴水　玲
社内保育士はじめました3　だいすきの気持ち	貴水　玲